에미는 괜찮다

에미는 괜찮다

초판 1쇄 발행_ 2012년 5월 8일

지은이_ 이경희
펴낸이_ 황규관
편집_ 김영숙 박지연 노윤영

펴낸곳_ 도서출판 삶이보이는창
출판등록_ 2010년 11월 30일 제2010-000168호
주소_ (150-901) 서울시 영등포구 영등포2가 94-141, 동아빌딩 402호
전화_ (02) 848-3097
팩스_ (02) 848-3094
홈페이지_ www.samchang.or.kr

ⓒ 이경희, 2012
ISBN 978-89-6655-008-1 03810

에미는 괜찮다

이경희 산문집

삶이보이는창

　엄마는 충청도 산골의 외딴집에서 혼자 사신다.

　팔십이 넘었는데도 논농사와 밭농사를 남한테 맡기지 않고 손수 짓는다. 엄마 곁에는 항상 누렁이 두 마리가 졸졸 따라다니며 엄마의 말벗이 되어준다.

　육 남매를 키워낸 집과 산과 들과 시냇물은 엄마의 마지막도 지켜낼 듯 끝까지 놓아주질 않는다. 엄마는 한 번도 그것들에 대해 불만을 표시하지 않는다. 아니, 오히려 그들한테 늘 감사하며 살아간다. 아직도 자신이 육 남매를 부양하고 싶어하지 자식들의 신세를 지고 싶어하지 않는다.

　하루 일을 마친 엄마는 그 행복한 고단함을 딸인 내게 전화를 걸어 열심히 수다를 떤다. 엄마는 노인이기 전에 쓸쓸한 여자인 것이다. 나는 그런 엄마의 수다를 듣는 것이 몹시 즐겁다. 하루라도 엄마의 전화가 걸려오지 않으면 일상의 가장 큰 무엇인가를 빠트린 것처럼 허전하다.

　이 글은 십오 년 전, 아버지가 중풍으로 돌아가시기 전후에 나와 엄마의 전화 통화를 사실적으로 기록한 것이다. 엄마하고의 통화를 내가 재미 삼아 기록해놓았다가 정리한 것으로, 이야기의 화자는 당연히 엄마이다.

하루를 살아낸 엄마의 수다 속에는 세상의 부조리한 역사와 개인의 크고 작은 또는 엄청난 삶의 파편들이 조각조각 숨어 있다. 꿈 많던 소녀로 전쟁의 한가운데 서 있기도 했고, 조혼으로 인한 모진 시집살이와 가난, 전쟁으로 부상당한 남편, 공무원과 이웃들, 여섯 명의 자식들, 친지와 친척들, 낯선 문명, 건강과 질병 등 엄마의 개인적인 이야기뿐만 아니라, 우리 사회가 변화되고 발전해온 면면들을 엄마의 눈과 시선으로 들려준다.

엄마는 수다를 통해 때로는 슬퍼도 하고 때로는 씩씩한 척 마음을 숨기기도 한다. 자신의 속내를 직접적으로 들춰내기보다는 이웃과 친구들의 사는 모습을 이야기하는 것으로 자신의 쓸쓸함을 드러낸다. 현재를 살아가는 각기 다른 자식들의 문제와 갈등 역시 솔직하고 담백한 수다로 풀어낸다.

엄마의 의지처였던 아버지가 떠나고 여섯 명의 자식들마저 집을 떠났는데도 엄마가 굳건하게 살아갈 수 있는 것은 땅이 있기 때문이다. 그 땅에 아버지가 묻혀 있고, 그 땅에 자식들과의 추억이 오롯이 남아 있기 때문에 떠날 수가 없는 것이다.

엄마는 이제 돌아갈 시간이 멀지 않았음을 알고 있다. 집안 곳곳에서 발견되는 아버지와 자식들의 흔적도 점점 퇴색해가고 있다. 밭에 나가는 시간보다 텔레비전 보는 시간이 많아졌다. 그래서 수의도 준비하고 상속이라는 예민한 문제도 슬쩍슬쩍 이야기한다. 나하고의 통화시간도 조금씩 짧아지고 있다. 나는 전화를 끊는 수화기 너머로 엄마의 가쁜 숨소리가 점점 커지고 있다는 걸 느낀다.

엄마의 수다는 이 세상 모든 엄마들의 이야기다. 소녀에서 노인으로 살아낸 우리 엄마들의 쓸쓸하면서도 사랑스러운 수다가 삶의 작은 지혜가 되고 위로가 되고 희망이 되길 바란다.

2012년 5월
이경희

차 례

1장

니 아배가 그립다

고추를 말리며

갈 볕은 오늘처럼 쨍쨍히야 고추가 잘 마른단다.

엊저녁은 열이틀인디 달이 읇어 비가 오겄구나 걱정힜는디, 볕이 어찌나 좋던지 밀짚에 고추 널기 무섭게 몸을 뒤틀더라. 때깔두 반득반득허니 시뻘겋구 크기두 작년보다 좋다. 여름내 고추밭 매느라 고생헌 걸 생각허면 그만헌 게 당연허지.

이젠 고추밭에 한나절 엎드려 있는 게 보통 고되지 않구나. 농사일 모르는 사람들 보기는 노란 모자 쓰구 대바구니에 빨간 고추 따 담으니 그림이 좋아 보일 테지, 손끝 저리구 허리 빠지는 중노동이란다. 나두 엄살이 많이 는 모양이다. 니 아배 살어 있으면 까짓거 일두 아닐 텐디, 오늘은 혼자 고추밭에 엎드려 있자니 공연히 심통이 났단다.

니 아배가 다른 일은 나 몰라라 히두 고추 하나는 잘 땄단다. 비좁은 밭고랑 사이를 겅중겅중 걸어 다니며 비 그친 수문서 붕어 건져 올리듯 한 소쿠리씩 고추를 따가지고 나올 때는 꼭 애들 같었단다. 내 칭찬 한마디 들어야 신이 나서 일허는 사람이었으니께.

니 아배가 농사일에 재미를 갖지 뭇헌 것은 니 할아배가 가르친 그 잘난 풍수 때문이었다. 할아배 대를 이어 지관 행세를 허구 댕기느라 농사일은 뒷전이었지. 밤이나 낮이나 당신이 무슨 학자나 되는 양 책이나 뒤적거리지 않으면 대청마루서 먹이나 갈며 세월을 보냈으니, 내가 몸 놀리지 않았으면 아마 뒷산의 아카시아가 구들장을 뚫었을 것이다.

그리두 가끔은 니 아배가 자랑스럽기두 했단다. 동네 애들 이름 다 지어줬지, 초상나면 제일 먼저 달려가 묏자리 잡어줬지, 집 지으면 상량 보 써줬지, 혼인 날짜, 이사 날짜, 별별 사람들이 다 니 아배를 찾어 왔단다. 허이구! 살아생전 그리 좋은 일 많이 혔으면 뭐허냐…… 정작 당신 죽을 자리는 봐놓지두 못허구 가서는 썰렁허게 누워 있잖니. 사실, 나두 니 아배가 그리 쉽게 죽을 줄은 물렀다. 하두 깔끔 떨구 잘난 체히서 나보다 훨씬 오래 살 줄 알었다. 그 큰 등치가 덜컥 나자빠져 영원히 못 일어날 줄 누가 알었겄냐. 니 오래비가 정화수 떠놓구 천지신령님께 빌구, 둘째가 부처님 모셔놓구 빌어두 봤지만 소용없더라. 워디 그뿐이냐, 셋째는 하느님헌티 빌구, 넷째는 천주님헌티 빌었다. 나두 워떤 신이 니 아배 살려줄지 물러서 이 신 저 신 다 받어들였는디, 눈감을 때는 정작 아무두 안 찾구 내 손만 꼭 잡구 있다가 가더라. 시상천지 니 아배처럼 그렇게 많은 신 만나구 죽은 사람두 드물 것이다.

시상 일 누구두 장담헐 수 읎단다. 니얼 죽을지 모리 죽을지 모르면서 오늘 호미 들구 밭으로 나가야 허는 게 인생인 모양이다. 그런디 애야, 니 아배 산소 근처에는 웬 날짐승들이 그렇게 많은지 모르겄다. 살

아 있을 때 그것들을 많이 잡아먹어서 그런가……. 그렇다구 설마 그
것들이 죽은 니 아배헌티 해코지허는 건 아닐 테지? 아닐겨……. 워쩌
면 그놈들이 있어서 니 아배가 들 심심헐지두 모르겄다.

어제까지 딴 고추가 스물닷 근이니 말리면 한 열 근쯤 되겄다. 니 아
배 지사가 내달 초하루니께 그때 오면 서너 근씩 나눠주마. 그래야 김
장들을 헐 거 아니냐.

시동생

오늘은 장이 갔다가 모처럼 니 작은집에 들렀다. 이사했다는 소식 듣구두 진작 찾어가지 않었던 것은 자존심 강한 니 작은오매 때문이었다. 그 큰살림 넘어가구 방 한 칸 은어 나갔으니 그놈의 속이 오죽헐까 싶어서 모른 척허구 있었다. 차부 옆에 있는 지름집 문간방이라는 소리만 듣구 찾어갔는디, 생각헌던 것보다 방이 좁구 침침허더라. 그리두 형님이라구 걱정돼서 찾어갔는디, 니 작은오매는 여전히 멋대가리가 읎더라. 오셨슈, 한마디 허더니 가타부타 안부인사 한마디 읎이 그림처럼 앉어서 밤 껍질만 벗기는겨. 워쩌면 그렇게 몇십 년이 흘러두 그놈의 숭질머리는 변허질 않는지……. 그러거나 말거나 내 헐 도리는 히야 맴이 편헐 것 같어서 서운한 내색 읎이 방 안으로 들어서다 생각허니께, 장이서 산 돼지괴기 두 근허구 멸치 한 되를 고깃집에 그냥 놓구 왔더구나. 깍쟁이 같은 고깃집 여편네가 행여 딴소리헐까 봐 벗어놓은 신발 부리나케 주서 신구 고깃집으로 내처 달려갔더니 다행히 봉다리가 도망가지는 않었더구나. 독수리가 닭 모가지 낚어채듯 의자 위에 놓여 있던 봉다리 들구 바람처럼 나왔더니 그 여편네 뭔 일인가 히서 빤히 쳐다보더라.

　나는 그렇게 아랫도리가 후들거리게 다시 되짚어 갔는디, 니 작은오매는 여전히 밤 까는 디만 정신 팔려서 단내 나도록 뛰어간 형님헌티 물 한잔 떠다 줄 생각을 안 허더라. 아무리 본래 성품이 그렇기로 칠십 넘은 노인네가 세월은 다 워디로 먹었는지, 답답증 나는 거 혼자 삭히구 말었다. 니 작은오매두 노년에 팔자가 그리 되었으니 시상 심사가 꼬여두 한참 꼬였을 것이다. 집안이 그리 되기 전까지는 워디 궂은일 한 번 헌 줄 아냐. 나 시집오니께 니 작은아배 중핵교 다닌다구 시커먼 모자 밤이나 낮이나 쓰구 살더라. 니 아배는 동생 갈친다구 산으로 나무허러 다니느라 똥 빠지구……. 그렇게 갈쳐 놓으니께 할아배 죽자마자 당장 논 팔아달라구 성화를 대는 것이여. 농사밖에 모르던 니 아배, 동생이 지랄을 떠니 피 같은 논 반 뚝 잘러서 팔어줬단다. 그 길로 니 작은아배 읍내다 보란 듯이 전파사 차려놓구 떵떵거리구 살더라. 래디오 허구 테레비가 막 나오던 시절이라 물건이 읎어서 못 팔던 시절이니께. 시동생 잘살아 나쁠 것은 읎지만, 니 아배 쉰 막걸리로 배 채우며 어깨까지도록 일허는 걸 보니 속이 상허더라. 니 아배 살아생전 속 좁은 거 같었어두 자기 동생 읍내서 큰 전파사 헌다구 친구들헌티 은근히 자랑허구 다녔단다. 그런디 형만 헌 아우 읎다구, 니 아배는 그리 생각허구 장이 갔다가 혹시나 히서 작은집에 들르면, 꾀죄죄한 형님이 보기 싫었는지 본체만체 쓴 쇠주 한 잔을 안 받어주더라. 저는 군수허구 밥을 먹었네, 경찰서장허구 밥을 먹었네 자랑이나 늘어지게 허면서 말여. 그런 날은 니 아배 밤새 몸 뒤틀며 잠을 못 이뤘단다. 얼마나 서운허구 서운했으면 그랬겄냐. 나두 마찬가지였다. 내 딴에는 작은집 생각히서 콩이며 팥이며 그 먼 길 머리 밑이 빠져라 이구 가면, 병든 시에미 문간에 내친 듯 올 때까지 곡식자루가 문간에 쓰러져 있었단다. 시상 귀한 거 읎이 사니 그까짓 콩 되 팥 되가 뭐 그리 대수로웠겄냐.

작은집 그리 되었다구 내가 신이 나서 허는 소리는 아니다. 피붙이가 못살아서 좋을 게 뭐 있겄냐. 큰집 우습게 알구 떵떵거리더니 왜 끝까지 그 재산 지키지 못허구 다 늙어서 그리 궁색을 떠느냔 말이지. 어리석은 것이 사람이라구, 부귀영화 한평생 갈 것처럼 그만 떨구 사는 사람들 말여, 불꽃두 언젠가는 시든다는 것을 알어야 허는디. 니 에미 오뉴월 땡볕이서 콩밭 맬 때, 니 작은오매 하늘거리는 투피스 입구 장미꽃 그려진 공단 양산 쓰구 놀이 다녔단다. 나는 타구난 복이 다르려니 마음 달래며 오직 새끼들만 잘 커주길 바랬다. 그 고생 덕분인지 아니면 뒤늦게 복이 터진 건지 지금은 자식 얘기만 나오면 신이 난다. 나처럼 복 많은 늙은이두 읎을 것이다. 하루에두 육 남매가 수십 통씩 즌화를 히대는 바람에 내가 아주 꿈쩍을 못 헌다. 다들 지 에미 걱정허느라 그럴 테지.

니 작은오매나 나나 이제 얼마나 더 살겄냐. 그놈의 자존심 때문에 말을 안 히서 그렇지 밤 껍질 벗기면서 끙끙거리는 걸 보니께 몸이 많

이 안 좋은 거 같더라. 늙은이 손목에 무슨 힘이 있겄냐. 막내헌티 즌화
히서 집에 내려올 때 저 다니는 회사서 만든 물파스허구 붙이는 파스,
소화제 좀 넉넉히 갖구 오라구 히라. 너두 내 용돈만 챙기지 말구…….
받는 놈보다 주는 놈 맴이 더 편헌 것이다.

비자금

오늘은 내 생전 츰 혼자서 은행에 다녀왔다. 전에는 니 아배가 다 알어서 읍사무소로 은행으로 다녔으니 내가 참견헐 일이 읎었다. 니 아배가 죽기 전에 통장허구 땅문서 집문서를 꺼내놓구 설명히주긴 힜지만 풍 맞아 발음이 시원찮으니 알아먹을 재간이 있어야지. 말귀 어둡다구 소리 지르다 또 넘어갈까 봐 고개는 끄떡거렸지만 사실 한글두 지대로 모르는 내가 어떻게 한문을 읽어 먹겄냐. 내가 다 알어서 헐 테니 당신은 걱정두 말라구 큰소리는 쳤는디, 막상 니 아배 죽구 나서 벽장 속에 있던 문서통 꺼내놓구 보니 뭐가 뭔지 통 모르겄더라.

대추나무로 만든 그 문서통은 니 할아배 때부터 벽장 속에 있었던 것인디, 뺑끼칠만 약간 벗겨지구 아직두 멀쩡허더라. 니 할아배 살어서는 그 큰 문서통에 돈이 그득힜다. 니 할아배 장이 간다구 벽장 뒤적거릴 때마다 등 뒤서 몇 번 훔쳐봤다. 니 할아배가 동네서는 사납구 지독허다구 소문났었는디, 나헌티는 그렇지 않었다. 한번은 그런 일두 있었단다. 그러니께 니 아배 전쟁 나갔다가 팔에 총 맞어서 집에 왔을 때구나. 아궁이 앞서 울구 있는 새며느리가 안됐던지 홍시 하나를 주서다

대추나무로 만든 상자 속에는 6·25 때 참전했던 아버지의 군번 줄과 땅문서, 세금 영수증 등이 들어 있다. 이 상자는 아직도 벽장 속에 고이 보관되어 있다.

가 콩깍지 옆이다 뇌두구는 슬그머니 나가시더라. 송곳 같은 시할매, 살얼음 같은 시오매 시집살이에 눈물 마를 날 읎는디, 오매불망 지다리던 서방까지 떡허니 총을 맞아 왔으니, 그때는 증말이지 콩깍지 시뻘겋게 타는 아궁이 속으로 몸을 내던지구 싶더라. 허지만 워쩌냐, 그리두 살어야 헌다구 홍시 주서다 주는 시아배가 있어 이를 악물구 견뎠다.

　문서통 속엔 옛날 고리짝시대 받었던 부고장이며 청첩장, 하천사용료 통지서, 삼십 년 전 니 오래비 수업료 영수증이 그대로 들어 있더라.

니 아배 찬찬한 것은 알었지만 그렇게까지 챙겨놀 줄은 물렀다. 그리 꼼꼼허니께 날더러 맨날 칠칠맞다구 핀잔헌 모양이여.

　벽장에 물이 새서 그런지 아니면 쥐오줌 때문인지 온전한 문서는 읎지만 그리두 알어볼 만은 허더구나. 복주머니 속에는 니 증조할아배 목도장허구 할아배 목도장, 쬐끼 단추, 주민증, 니 아배 군대서 찼던 목걸이까지 별별 것들이 다 들어 있더라. 방바닥에 쏟어 놓구 하루 쬥일 정리힜다. 정리허다 생각허니께 이거 내가 안 허던 짓 허는 것은 아닌가 싶은 것이, 사람이 죽을 때가 되면 공연헌 짓 헌다더니 혹시 내가 그런 것은 아닌가 싶더라.

　니 아배가 남긴 통장은 모두 세 개더구나. 농협통장에는 백이십만 원이 들어 있구, 수협통장에는 삼십만 원, 국민은행 것에는 칠십만 원 들어 있더라. 혹시나 히서 손으로 일일이 동그라미를 그려가며 계산힜다. 내 아무리 무식히두 일이삼사 하나 지대로 못 읽겄냐. 합히서 이백이십만 원이더구나. 혹시라두 잊어버릴까 싶어서 통장 하나에다 합쳐놓을까 허다가 그만뒀다. 다 생각이 있어서 히놓은 걸 당신 죽기 무섭게 싸잡어 놨다구 헐까 봐 그럴 수 읎었다.

　그나저나 생각지두 않던 돈이 벽장 속에 있다구 생각허니 엊저녁엔 잠이 다 안 오더라. 그리 지악스럽게 일허더니 뒤늦게 마누라 호강허라구 그랬나부다.

　그것두 모르구 나는 니 아배 장이 가서 늦게 오면 지랄을 떨었으니…….

까짓 막걸리 두어 사발에 두부 점이나 먹었을 텐디, 그걸 갖구 밤새 궁시렁을 떨었으니, 암만 생각히두 내가 너무 지독혔다. 얼마나 산다구 그리 지독스럽게 먹을 거 안 먹구 그렀는지 나두 모르겄다. 그 좋아허는 돼지괴기나 실컷 멕여 보낼 걸. 아마 죽어서두 니 에미 욕허구 있을 것이다.

니얼은 돈 찾어서 돼지괴기 한 근 사구 증종 한 병 받어서 니 아배 산소에 가야겄다. 시뻘건 꼬치장에 볶은 돼지괴기 맛 보면 니 아배 겁나게 좋아헐 것이다.

딸기우유와 보름달 빵

니 올케는 시장에 갔다. 딸년 둘까지 앞세우구 나가는 걸 보니 좀 늦을 모양이다. 니 아배는 저쪽 방서 자구 나는 답답히서 즌화했다. 이건 사는 게 아니구나. 이게 워디 감옥이지 사람 사는 집이라니. 너 아니면 누구헌티 말헐 사람두 읎구, 며느리 흉봐야 누워 침 뱉기지만 그리두 속이 상헌 걸 워쩌겠냐.

아침나절 니 아배두 자구, 딴엔 노는 손이라 거들어주려구 여기저기 걸레질 좀 했드니, 니 올케 맘에 안 드는지 다시 청소허더라. 설거지두 뭇허게 허구 빨래 하나 개지 뭇허게 허니 심심히서 살 수가 있어야지. 병들어 말 뭇허는 니 아배만 쳐다보구 가만히 놀구먹으라니, 눈치 뵈서 살 수 있겄냐. 애당초 그런 일이 생길까 봐 그냥 니 아배허구 죽이 되든 밥이 되든 둘이 산다니께 니 오래비 지랄허구 부득불 데려다 놓더니, 사람을 아주 시절을 만드는구나.

아까는 하두 속이 상히서 니 아배 억지로 데리구 밖에 나갔다. 간신히 휠체어 밀어서 아파트 놀이터까지 갔는디, 사람 구경 하나 뭇허겄더라. 무슨 놈의 동네가 말벗 헐 인사들 하나 읎으니. 그리두 니 아배는 모처럼 나허구만 나란히 놀이터에 있으니 좋은 모양이더라. 니 아배두 어지간히 속이 탔던 모양이여. 왜 안 그렇겠냐……. 새벽부터 논으로 밭으로 정갱이 흙 마를 새 읎이 돌아댕기던 양반이 지 몸 하나 추스르지 뭇허는 신세가 되었으니 홧병이 날 만두 허지. 어느 때는 뵈지두 않는 눈을 시뻘겋게 부라리면서 꽥꽥 소리 질러대는 통에 내가 아주 미치겄다. 죽구 싶다는 뜻인 것두 같구, 어여 집으로 돌아가자는 뜻인 것두 같구, 나허구 같이 죽자는 뜻인 것두 같구. 생각헐수록 기가 막히구 불쌍혀 죽겄다. 그 똑똑허구 훤칠한 양반이 말두 뭇허지 맘대로 움직이지두 뭇허지, 나같어두 죽구 싶을 것이다.

차라리 정신까지 온전치 뭇허면 편헐 텐디, 정신은 멀쩡히서 시상 돌아가는 거 다 알구 있으니 더 고통스러울 것이다. 아까는 놀이터서 자꾸 내 무르팍을 건드리며 입맛을 다시더라. "여보, 배고파서 그려?" 허구 물었더니 얼른 그렇다구 고개를 흔드는겨. 집이서는 아무 소리 안 허더니 밖에 나오니께 그 소릴 허더라. 어지간히 니 올케 눈치가 보였던 모양이여. 그 등치에 괭이밥 먹듯 힜으니 오죽 배가 고팠을 것이냐. 눈물까지 그렁거리며 애처럼 날 바라보는디 가슴이 미어지더라. 알었다구, 잠깐만 지다리라구 허구선 동네 수퍼로 달려가 빵이랑 딸기우유를 사 가지고 불나게 달려왔다.

니 아배 떠지지두 않는 눈으로 빵 봉지 들구 달려오는 날 보느라 애를 쓰더라. 내가 생각을 좀 더 썼더라면 휠체어를 돌려놓구 갈 걸. 그놈의 햇빛 때문에 누가 보면 버려진 영감이 혼자 울구 있는 줄 알었을 것이다. 손등으로 니 아배 짐벙거리는 눈을 닦아준 뒤 빵 봉지를 뜯어줬더니 얼마나 좋아허는지, 니 오래비 집에 들어온 이후 니 아배 그런 표정 츰이었다. 씨부랄! 아무리 똥싸구 오줌싸는 거 뵈기 싫다구 먹었다는 사람 생으로 굶길 수는 읎는 법이여. 열 번 똥 치는 게 낫지, 배고프다구 우는 꼴은 뭇 보겄다.

애야, 암만 생각히두 내 판단이 틀린 것 같다. 그때는 뭔 생각으루 니 오래비 집에 들어간다구 힜는지, 아마 니 아배 혼자 감당허기 겁났던 모양이여. 허지만 지금은 아무것두 겁날 것 읎다. 곳간에 쌀 있구 천지가 푸성귄디 설마 굶어죽기야 허겄냐. 안 되면 논 팔구 산 팔어서 니 아배 병간호허면 된다. 니 아배 아픈디 그까짓 게 다 무슨 소용이겄냐. 진작에 왜 그 생각을 뭇힜는지 모르겄다.

니 아배 보름달 빵허구 딸기우유 멕이는디 눈물이 쏟아지더라. 인생 칠십두 뭇 살구 이렇게 될 걸 왜 그리 종주먹을 대며 살었는지 후회가 되더란 말이다. 니 아배두 츰이는 너끔너끔 빵을 받어먹더니 니 오매 질질 짜는 꼴을 보구는 눈물을 펑펑 쏟더라. 그 자존심 강한 양반이 빵 하나에 목이 메서 울다니, 다 내 죄다. 내가 너무 니 아배 옥죄서 그런 병에 걸린 것이다. 니 아배는 아니라구 괜찮다구 내 무르팍을 쥐어뜯었지만 내 어찌 그 속을 모르겄냐. 니 아배 겨우 진정시켜놓구 내 결심힜다. 이달 안으로 집으로 내려갈란다. 내려가서 영감 할멈 속이나

쇠파이프 지지대를 붙들고 볼일을 봐야 했던 아버
지. 지지대는 헐거워진 변기 옆에 여전히 서 있다.

편허게 살란다. 휠체어에 니 아배 태워갖구 논으로 밭으로 쏘다니며 살란다. 니 아배두 그러면 아주 좋아헐 것이다.

논배미에 앉아 동네 사람들허구 막걸리두 마시게 헐 것이구, 밥이며 괴기두 실컷 멕일겨. 너두 그렇게 알구 딴소리허지 말어라. 순전히 내가 결정헌 일이니께.

애야, 아무래두 니 아배 깬 모양이다. 오줌 뉘어야 허니께 그만 끊자. 요즘 들어선 쪼끔만 늦어두 참지를 못허구 그냥 싸더라. 갈수록 방광이 헐거워지는 모양이여. 워디 한군데 성한 곳이 있어야지. 나보다 두 살이나 아래구 논일 밭일두 내가 더 많이 힜는디 왜 먼저 저 난리를 치구 있는지 속 터져 죽겠다. 허지만 워쩌겠냐 이것두 다 내 팔자겠지. 저렇게라두 오래만 살아준다면야 서러운 과부 소리는 듣지 않구 살 텐디, 어느 날 가뭇읎이 눈감어버릴까 봐 걱정이다. 드럽게 까탈부린다구 구박허다가두 그 생각만 허면 불쌍히서 죽겠다. 니 아배가 누굴 믿구 저렇게 누워 있겠냐. 평생 마누라 무식허구 뭇생겼다구 우스개 반 진담 반 놀리더니, 이제야 마누라 소중한 거 알 것이다.

목사님

즘심 때 감나무 아래서 달래를 캐는디 동네 목사님이 왔더구나. 작
년인가 재작년인가 새로 온 목사인디 한 달에 한 번꼴로 줄기차게 신
방을 오더라. 나중에 나간다구 말힜는디 자꾸 오는 것을 보면 고집이
보통은 아닌 거 같다. 나 같은 거 인도헐라구 외딴집 구석까지 찾아오
는가 싶어 한편으론 고맙다가두 싫다는디 억지루 나오라구 허니께 변
명만 궁해지구 귀찮다.

이 동네에 뿌리내린 지가, 열아홉에 시집왔으니 벌써 육십 년이 넘었
구나. 그때는 예배당이라구 읍내에 하나 있었구, 우리 동네에 교회가
생긴 지는 한 사십 년 될 것이다. 이발소 허던 김 씨가 어느 날 읎어졌
다가 몇 년 만에 돌아왔는디, 알구 보니께 신핵교라나 뭐라나 다니면
서 전도사 공부를 허구 돌아왔다는겨. 니들 아주 어릴 적 얘기니께 큰
기억은 읎을 것이다. 그때만 히두 먹구살기 바뻐서 절이니 교회니 허는
소리가 워디 가당키나 힜는 줄 아냐. 그저 새끼들 삼시 세끼 밥 굶기지
않으려구 논이구 밭이구 헤매구 다닐 때였으니 김 씨가 아무리 하느님
찾어두 소귀에 경 읽기였다. 하느님이 당장 밥이구 돈이구 준다면 모를

까 무조건 기도허구 찬송만 허라니 당최 믿을 수가 있어야지. 동네 사람들이 죄다 김 씨더러 미쳤다구 손가락질했단다. 그리두 김 씨는 끄떡 않구 저기 웃말 산꼭대기다 흙벽돌로 교회를 짓더라. 열댓 명 정도 앉을까 말까 한 교회를 지어놓구는 매일같이 기도허구 찬송허구 새벽마다 종을 쳤단다. 헌디, 그게 무슨 조홧속인지 츰이는 김 씨를 비웃던 동네 사람들이 하나 둘 교회를 나가더라. 김 씨 기도를 받고 병 나은 사람이 있다는 소문이 돌면서 교회 찾는 사람들이 점점 늘어났단다. 아퍼두 병원이나 약국 가기 힘들었던 시절이었으니께 나부터두 솔깃헐 수밖에 읎었지. 나두 여러 번 교회 나갈까 생각 안 헌 것은 아니란다. 니 아배가 하두 못 가게 성화를 대서 가지 못헌 것이지 맘에 읎었던 것은 아니다. 김 씨 인품으로 봐서 헛소리할 위인은 아니었으니께. 니 아배 이상한 승질 너두 알 것이다.

하루는 김 씨가 찾아와서 니 아배헌티 그러더라.

"하느님은 무엇이든지 다 들어주십니다. 교회 나와서 열심히 기도하세요."

니 아배 김 씨헌티 대뜸 그러더라.

"일 안 허구 교회 가서 엎어져 있으면 밥 나오구 돈 나오남? 그렇다면 어느 놈이 똥 빠지게 일하겄어. 그리구, 죄짓구두 기도만 허면 용서히준다니 말이 안 되지, 죄를 지었으면 죗값을 받어야지 기도가 무슨 소용이랴?"

그렇게 말혔는디 니 아배 헐 말 다허구는 논바닥에 엎드리더라.

니 아배나 나나 하느님 말씀이 틀렸다구 생각지는 않는다. 무조건 교회 나와서 기도허구 찬송허라는 것이 마땅찮었던 것이지.

허지만 니 아배 하느님을 부정허거나 욕되게 허지는 않구 살었다. 넘헌티 욕먹을 짓 안 허구 열심히 일허는 것밖에는 물렀던 사람이다.

새로 왔다는 젊은 목사는 아주 즘잖구 예의가 바르더라. 차를 타구 가다가두 동네 어른들을 보면 그냥 지나가는 법이 읎어. 꼭 차에서 내려 인사허구 가는 디까지 태워다준단다. 나두 뽀스 놓쳐서 목사 차 한 번 신세진 일이 있다. 그 목사 오구 나서부터 신도들이 더 늘었다더라. 설교두 얼마나 잘허는지 교회 즘 나온 사람두 눈물바람이랴. 웃말 종명오매가 입에 침이 마르도록 목사 칭찬을 허더라. 중풍 걸린 시오매 빨리 죽게 히달라구 기도혔더니 죽기는커녕 먹을 걸 더 찾는댜. 뭔 조환지 모르겄다구. 아무튼 당장 교회 나가겄다는 약속은 뭇허구 저녁에 된장 끓여 먹으라구 달래 한 주먹 줬더니 좋아허더라. 눈빛이 선허구 맑은 것이 꼭 우리 둘째아들처럼 착해 보이더구나. 무슨 연유가 있어 왔든지 간에 늙은이 혼자 사는 이곳까지 찾아와준 것이 더읎이 고맙지 뭐냐. 하루 쬉일 사람 구경허기 힘든 곳이니 워디서 차 소리만 나두 반갑단다. 오늘은 누렁이두 심심혔나 목사를 보더니 웃말 복실이보다 더 반가워 난리를 치더구나. 교회 가게 되면 누렁이부터 앞장세워야 헐 모양이다.

밀주

　니얼모리가 니 아배 지사다. 떠난 지 얼마 안 된 거 같은디, 올해로
꼭 십사 년 됐구나. 살어 있으면 나보다 두 살 아래니게 칠십아홉 되겄
다. 그 나이에 펄펄 뛰어다니면서 농사짓는 사람들이 잔뜩 있는디, 뭐
가 그리 급허다구 일쩍 갔는지 암만히두 나허구 사는 것이 재미 읎었
나부다. 가끔 니 아배 친구인 잿말 사는 용식아배 보면 슬그머니 부아
가 치민다. 또래라구 히두 그 영감은 니 아배보다 두 살이나 더 많구,
담배두 하루에 두 갑씩 피구, 술두 말술을 먹는디 저리 멀쩡히 잘 살구
있으니. 그게 술 먹구 담배 피운다구 꼭 일쩍 죽는 것은 아닌 모양이다.
인명은 재천이라는 말이 옳은 소린가 싶다.

　니 아배야 승질 깔끔히서 누구헌티 실수 한번 안 허구 살었다. 정갈
허기는 아무리 피곤히두 저녁엔 꼭 왕소금으로 이빨을 닦구 잤으니게.
오히려 나더러 머리 자주 안 감는다구 나무랐단다. 세끼 밥 말구 좋아
허는 것이라고는 그저 내가 담가주는 농주였는디, 그것두 많이 자신
다구 구박 아닌 구박을 힜으니, 지금 생각허면 나두 어지간힜다 싶다.

　열아홉에 시집와서부터 술을 담갔으니 솜씨가 좋을 만두 허지. 애교

없구 뚝뚝허다는 타박은 들었어두 생전 술맛 없다는 소리는 안 들었으니께. 초년에는 술 단속을 하는 바람에 술독두 여러 개 깨 먹었구, 술조사 나올 적마다 뒷산으로 도망치느라 고생두 많었다. 지금이야 좋은 술이 하두 많으니께 그깟 농주 취급두 안 허지만, 그때는 들일 허다 신김치에 농주 한 사발이면 임금님두 부럽지 않었다.

그러니 집에 쌀이 떨어지면 떨어질까 술독에 술은 떨어지지 않었단다. 그 바쁜 농사일을 허면서두 밤에 누룩을 빚어 술 안치는 게 일이었다. 니 아배가 반주로 꼭 한 잔씩을 먹었으니 무슨 일이 있어두 술을 만들어야 혔지.

술 익는 냄새만 맡아두 술이 잘돼가는지 잘못돼가는지 알 정도였으니, 동네서두 내 술맛을 보려는 사람들이 은근히 집 근처를 기웃거렸단다. 농촌 인심이라는 게 산이구 들이구 널려 있어 음식냄새 풍기구는 혼자 먹지 뭇허는 법이란다. 한번은 아마 모를 심구 며칠 지났으니께, 뜬 모를 헐 때쯤이었을 것이다. 며칠째 논바닥에 엎드려 있는 니 아배가 안돼서 새로 빚은 술허구 아껴뒀던 간고등어 한 마리 구워서 들로 가지구 나갔다. 집서 논까지는 족히 십여 분이 걸리니 밥 광주리를 이구 좁은 논길을 걷는 것이 그리 쉬운 일은 아니란다. 그리두 땡볕에 등짝이 벗겨지도록 일허는 니 아배가 안쓰러워 밥 광주리만 머리에 이면 늘 맘이 바빴지. 시골 사람들 배꼽시계는 도회지 사람들 자명종허구 달러서 끼니때를 조금만 넘겨두 허기져서 일을 뭇헌단다. 머리에는 무거운 밥 광주리를 이었지, 손에는 술 주전자를 들었지, 노련치 못허면 논바닥으로 고꾸라지기 십상이다. 뒤뚱거리며 종태네 논두렁을 지나구 있는디, 아무래두 내 몸놀림이 위태로웠던지 논바닥에 엎드려 있던 종태아배가 언제 나왔는지 밥 광주리를 번쩍 받어드는겨. 한숨 돌리긴 했지만, 저 아래 논이서 마누라 나타나길 눈 빠지게 지다리는 니 아배가 왠지 신경이 쓰이더라. 본래부터 니 아배가 동네 남자들허구 사근사근 지내는 걸 좋아허지 않었거든. 인물두 읎는 마누라 뭐가 그리 뭇 미더운지 그저 자기만 좋다구 허라니 한편은 좋기두 허구 한편으론 우습기두 했단다.

광주리 받어든 종태아배허구 같이 갈 수밖에 읎었다. 안 그리두 밥 먹을 때 부르려구 힜는디, 나란히 논두렁으로 들어섰으니 니 아배 눈빛이 고울 리 읎지. 니 아배가 마음이 고정허구 깔끔허면서두 맹랑한 구석이 있어서 한번 수틀리면 사람 앞이다 놓구 얼음물 들이부었다. 나는 광주리 덮었던 베보자기만 걷어놓구선 비스듬히 돌아앉어 두 양반 눈치만 살폈다. 아니나 다를까, 니 아배가 종태아배헌티 한 소리 허더라.

"자네는 그 많은 쌀농사 지어서 다 뭐 허길래 밥 때마다 마누라는 코빼기두 안 보이나."

종태아배 술 한 대접 따라 먹더니 헛기침히가며 일어나더라. 그집 마누라가 워낙 드세서 그렇지 설마 논일 허는 서방 밥 굶기겄냐. 공연히

광 항아리들 속에는 삼 년 묵은 무짠지와 팥콩 등 엄마만 알고
있는 각종 씨앗들이 들어 있다.

나헌티 친절헜다구 부화가 나서 헌 소리겄지. 아무튼 밥 한 사발 다 비우도록 날 곱게 쳐다보질 않더라. 웃어야 헐지 울어야 헐지 물러서 밥두 같이 뭇 먹었다.

니 아배 성격 참 묘한 사람이었다. 술이 동네 사람들 쬔다구 심통을 부리다가두 술 익는 냄새만 풍기면 벌써부터 으쓱해져서는 애들 사탕 돌리듯 호기를 부렸으니.

이젠 술 빚어야 먹을 사람두 읎지만 그리두 하늘에 있는 니 아배를 위해서 또 빚어야겄다. 그 양반 거기서두 술 자랑허느라 바쁠 것이다.

물난리

간밤 장마에 서울은 무사허냐? 무슨 비가 그리 퍼붓는지.

초저녁에는 괜찮을 듯싶어서 마당에 있는 누렁이 집만 단속허구는 일찌감치 대문 걸었다. 낮에 논두렁 풀을 좀 벴더니 허리가 아퍼서 저녁두 뜨는 둥 마는 둥 허구는 테레비 앞에 앉아 있는디, 천둥번개가 난리를 치는겨. 번개에 놀랐는지 누렁이두 자꾸 짖어대는 게 아무래두 심상치 않은 생각이 들더구나. 눈이 많이 와두 걱정이구 비가 많이 내려두 이러다 혼자 죽는 것은 아닌가 걱정이다. 외딴집에 혼자 산다는 것은 결코 만만찮은 일이란다. 모르는 사람들은 한갓지구 좋다구 말허지만, 무슨 일 당허면 누구헌티 알리기 쉽지 않단다. 장마 시작되기 전에 동사무소 사람이 찾아와서 안전점검이랍시구 여기저기 집둘레를 돌아보구 가긴 혔다. 긴급한 일이 있으면 즌화허라구 연락처까지 주구 가긴 혔는데, 경황 중에 워디 쉬운 일이겄냐. 니 오래비가 아침부터 즌화히서 워디 가지 말구 꼼짝 말라는 당부두 있구 히서 마음에 준비는 허구 있었다. 테레비서두 이쪽에 비가 많이 온다는 소릴 연신 방송히서 논에 물꼬는 미리 터놨단다.

즘심때까지 큰 비가 내리지 않길래 일기예보가 또 틀렸나 싶어서 큰 신경 안 썼다. 근디 밤 아홉 시쯤 되니게 스래트 지붕이 부서지는 소릴 내는거. 우박이 쏟아지는 듯 빗소리가 얼마나 큰지, 안 그리두 낡은 지붕이 걱정돼 워찌히야 좋을지 모르겠더라. 이 나이까지 겪은 장마를 생각허면 까짓 거 겁날 것두 읎는디, 이상허게두 어젯밤은 갓 시집온 새댁처럼 공연히 무서운 것이 등줄기에 식은땀이 다 흐르더구나. 개가 하두 지랄을 떨어서 더 그랬던 모양이여.

안방에 앉어서두 뒷산 골타는 물소리가 콸콸콸 들렸으니 무서울 만두 허지. 밤은 칠흑같이 어둡지 개는 미친 듯이 날뛰지, 빗소리가 그리 무섭기는 츰이다. 얼마나 지났을까, 장대같이 퍼붓던 빗소리가 잠깐 그만히지나 싶더라. 이제 한숨 돌렸구나 싶어서 그만 잠자리에 누웠는디, 방 안이 눅눅허구 더워서 그런가 잠이 오질 않더구나. 니 아배 죽구 겨울이나 여름이나 창문 한번을 시원히 열어놓지 못허구 산다. 날짐승이 있는 것두 아니구 이 가난한 시골 구석까지 찾아올 밤손님두 읎을 텐디, 갈수록 이중 삼중으로 문을 닫지 않으면 잠을 잘 수가 읎으니 무슨 조홧속인지 모르겠다. 더워서 온몸에 땀띠가 솟아두 그 숱한 여름 동안 문 한번 열어놓지 못힜다. 허깨비 같은 니 아배가 옆에 있을 때는 대문이 열린 줄두 모르구 살었는디……

더운 걸 참으며 잠이 오길 지다리는디, 집 뒷쪽에서 뭔가 쿵 허구 무너지는 소리가 들리더라. 사람 소리두 아니구 짐승 소리두 아닌 것이 소리가 제법 크게 들리더구나. 깜짝 놀라 일어나서 방에 불을 키구 부엌으로 가려는디, 그 소리가 또 한 차례 들리는겨. 암만히두 무슨 사단이 났구나 싶은 것이 가슴이 벌렁거려 걸을 수가 읎더라. 정신 차리구 즌기 스위치를 찾아 누르니께 불이 나간 모양이여. 그때는 증말 아찔허구 아득허더라. 간신히 싱크대 서랍 더듬어서 초 한 토막 찾아 불을 붙였다. 헌디 이게 웬일이냐. 부엌 옆에 딸린 목욕탕 문이 열려 있구, 목욕탕 안에 시커먼 무엇이 꽉 들어차 있는겨. 츰이는 그것이 집채만 헌 곰이 아닌가두 생각힜다. 이젠 죽었구나 허는 생각에 볼 것두 읎이 밖으로 도망쳐 나왔다. 마당으로 뛰쳐나오긴 힜는디, 막상 갈 곳이 읎더라. 그리두 살어야 헌다는 생각에 길길이 뛰는 누렁이를 풀어서 무작정 동네로 달렸다. 나는 어둬서 워디가 길이구 산인지 모르는디 누렁이 놈은 미끄러지듯 잘두 뛰더구나. 영순네 암캐를 만나러 뻔질나게 들락거리더니 질 하나는 확실하게 익혔더구나. 말 뭇허는 짐승이라구 깐볼 일은 아닌 거 같더라. 숨이 목까지 차는 줄두 모르구 죽기 살기루 달렸다. 내가 얼마나 더 살겄다구 그 밤에 그리 뜀박질을 헌 것인지. 지금 생각허니께 웃음이 다 난다.

그 밤에 누렁이랑 비를 쫄딱 맞구 대문을 두드렸으니 누군들 놀라지 않었겄냐. 숨넘어가는 날 본 영순할매가 더 놀라서 나자빠지려구 허더라. 허긴, 덜덜 떨어가며 집 안에 곰이 쳐들어왔다구 힜으니, 아마 내 정신이 워치기 된 것은 아닌가 의심힜을 것이다. 이 나이에 정신이 좀 나간다구 이상헐 것두 읎지만, 자식이 읎는 것두 아닌디 넘들헌티 그런 모습 보여주는 게 뭐 좋을 게 있겄냐.

영순네서 졸다가 새벽녘에 영순아배 앞장세우구 다시 집에 돌아왔다. 그때까지두 집 안에 곰이 그냥 있을지두 모른다는 생각이 들어 선뜻 부엌으로 들어설 수가 읎더구나. 그리두 젊은 사람이 낫다구, 영순아배는 볼 것두 읎이 목욕탕으로 들어가더라. 곰은커녕 뒷산이 무너져 목욕탕 벽을 허물구 들어온 것이여. 노인네가 공연히 수선 핀 거 같어서 영순아배 보기 민망허더라. 엊저녁 놀란 거 생각허면 곰이 아니라서 천만다행이지만, 목욕탕이 박살 난 거 보니께 더 한심허더구나. 급한 볼일이야 너른 천지가 뒤 볼 곳이니 그 걱정은 읎다만 산이 또 무너져 내릴까 걱정이다. 몇 해 전 심은 대나무가 지대로 뿌리 내리는가 싶었는디, 원체 비가 많이 내리니 감당을 못헌 것 같구나. 집두 나이를 먹어 그렇겠지.

시집온 지 몇 해 안 돼서 이 집 상량 보를 올렸으니, 온전할 리 읎겄지. 사람마냥 아플 때마다 임시방편으로 약을 먹듯 땜질해 살었으니 허물어질 만두 허다. 시상에 병들어 죽지 않는 것이 워디 있겄냐. 쇳덩이두 세월의 풍상에 시달리는디, 흙과 나무로 지은 집이니 오죽허겠냐.

그 밤에 나만 당헌 것은 아닌가 보더라. 이장헌티 들으니, 동네서 여러 집이 이번 장마로 축대가 무너졌다더라. 우리 집은 그만히서 다행이라구. 산이 크게 무너져 내렸더라면 큰 변을 당힜을지두 모른다구. 다

짐의 균형이 맞지 않으면 지게는 쓰러진다. 아버지는 평생 균
형을 잃지 않으려 더도 덜도 않은 소박함으로 지게를 지셨다.

른 지방 워디서는 실제로 집이 통째로 무너져 흙더미에 깔려 죽은 사람들이 많다더라. 그 애기 듣구서 또 한번 가슴을 쓸어내렸다. 한편으론 그런 생각두 들더라. 혹시 니 아배가 마누라 불쌍히서 누렁이를 그렇게 짖게 헌 것은 아닌가 말이다. 앞산에 있는 니 아배헌티 더 살게 히 줘 고맙다구 소리 질렀다.

제사

집에 무슨 일 있는 거냐? 너허구 둘째는 오지 않았더구나. 영희는 워
낙 바뻐서 못 올 줄 알구 있었지만, 너는 즌화가 읎어서 올 줄 알었다.
니 지사만 히두 여럿이라 친정 지사까지 챙기기 쉽지는 않을 것이다.
조상 잘 모시면 좋지만, 먹구사는 문제가 더 중요허졌지. 우리두 니 아
배 지사만 지내기로 헌 거 잘헌 것 같다. 얼굴두 모르는 고조니 증조니
허는 조상들 모시라구 허면 어느 자식인들 달가워허겄냐. 니 오래비가
지사 가져간다구 헐 때 내가 니 아배 지사만 지내라구 아주 못을 박
었다. 명절허구 다달이 있는 지사 다 지내려면 살림두 축나지만 며느
리 손에 물 마를 날 읎을 것이다. 그렇잖어두 몸 약한 며느리 잡을 일
두 읎지만, 지 마누라 끔찍허게 생각허는 아들 눈치 안 볼 수 읎었다.

나 살아생전은 니 아배 지사 내가 지내려구 헀다. 내가 붙들구 있어
야 니 큰집허구 작은집 얼굴이라두 한 번 볼 수 있잖니. 원칙으로 따
지자면 큰조카가 있으니 그 집서 지내야 허지만, 적자가 아니라구 내
가 지내던 지사를 가져가라구 헐 수두 읎는 노릇이잖니. 지금까지 큰
집으로 알구 찾아온 집안 어른들 보기두 그렇구, 조상 묘 옆에 놔두구

도회지 아들네로 지사 지내러 가자니 죄스럽구나. 오늘두 니 아배 놔 두구 혼자 아들네 가자니 기분이 안 좋더라. 죽어서 누워 있는 양반인 디 눈만 뜨면 쳐다보구 있는 거 같아서 신경이 쓰이는구나. 날 꼼짝 못 허게 허려구 일부러 집이 잘 보이는 곳에 자기 묏자릴 만들어놓은 모양이다. 말귀 못 알아듣는다구 지청구를 허면서두 나 없으면 난리를 치던 양반이었잖니. 오늘두 그냥 갈 수 없어서 니 아배 산소에 다녀왔다. 말 안 허구 아들네 가면 찾을 거 같아서 누렁이 앞세워 산에 갔더니 찬바람이 제법 매섭더구나. 겨울 문턱서 죽은 걸 보면, 마누라 한갓지길 지다린 모양이다. 한창 바쁠 때 죽으면 미안허니께 갈 일 끝나자마자 지다렸다는 듯이 죽을 게 뭐라니……. 누렁이두 거기 지 주인 있는 줄 아는지, 산소에만 가면 봉분 앞에 한참씩 엎드려 있더라. 나보다는 니 아배허구 더 잘 놀았으니 알지두 모르지.

"아들네로 갈 테니 당신두 따라와. 며느리가 당신 좋아허는 괴기반찬 많이 해논댜."

솔잎이 뻘겋게 쏟아졌길래 쓸어주구 내려오는디 오늘따라 다리에 힘이 빠지더라. 뒤에서 니 아배가 자꾸만 어린애처럼 가지 말라구 부르는 거 같아서 걷다가 돌아보구 또 걷다가 돌아봤다. 거기까지 차 타구 가려면 불편헌디, 그냥 여기서 지낼 걸 잘못했다는 생각두 든다. 나허구 자식들 편허자구 니 아배 고생시키는 것은 아닌가 모르겠다.

집서 지사 지낼 때는 막내사위두 쟁인 봤다구 허구, 조카며느리두 작

아버지는 열 마디로 엄마를 웃겼지만 엄마는 딱 한 마디로 아버지를 웃겼다.

은아배 봤다는 소릴 허더라. 위채 방문 열어놓으면 바로 니 아배 산소 허구 통히서 그런 모양이여. 그 문으로 하얀 두루마기 입은 니 아배가 왔다 가더라는겨. 틀림읎는 니 아배였댜. 걷지두 못허던 양반인디 아주 멀쩡허더란다. 그게 꼭 미신만은 아닐 것이다. 그 양반 틀림읎이 왔다 갔을 것이다. 뭐가 서운헌지 내 눈에는 한 번두 안 뵈면서 지사 때는 그리두 다녀가는 모양이다. 그런디 아들네로 지사 옮긴 뒤부터는 니 아배 봤다는 사람이 읎다. 허긴 게까지 지사 밥 자시러 오겄냐. 그 복잡한 곳을 워치기 찾아오겄냐. 멀쩡한 나두 이리 힘든디.

다 소용읎는 짓이라는 걸 알면서두 그게 그렇지가 않구나. 너두 나이가 있으니 언젠가는 혼자가 되겄지. 부부라는 건 정두 아니구 자식두 아니란다. 세월이지…….

니 오래비 늦었다구 자구 가라는 걸 니 동생 재촉히서 집에 왔다. 혹시라두 니 아배 집에 왔다가 허탕치구 돌아갈까 봐 게서 잘 수가 읎더라. 아무래도 니얼 아침에 누렁이랑 니 아배헌티 가봐야겄다.

우체부 조 씨

너두 알 것이다. 전에 다니던 그 우체부 조 씨 말이다. 니들 아주 어릴 적부터 우리 동네 출입을 힜는디 얼마 전에 죽었다는구나. 오늘 우체부가 종씨 가문서 온 편지를 가지구 왔길래 물었더니 그 얘기를 허더라. 먼 곳까지 오는 우체부 그냥 보낼 수 읎어서 누가 오던지 차라두 한 잔 꼭 멕여서 보냈더니, 날 보면 이런저런 얘기를 한참 허구 간단다. 오래전 우리 집에 다니던 조 씨 안부를 물었더니 죽었다는겨. 조 씨는 니 아배허구 나이가 같었으니 팔십 문앞서 죽었구나. 니 아배 살아 있을 적이는 밭에서 일허다가두 그 양반 오면 막걸리 한잔 허면서 시상 사는 얘기허구 돌아갔는디, 그 양반이라구 나이를 안 먹었겄냐. 어느 날부턴가 오지 않길래 물었더니 워디가 아프다구 허더니 결국 갔구나.

그 양반 털털거리는 자전거 소리 나면, 객지에 있던 아들이 돌아오는 양 반가웠단다. 그 양반이 니들 소식 전해준 세월이 월마냐. 니 오래비 인천서 핵교 다닐 때는 돈 부치라는 편지가 하루가 멀게 왔지, 니 동생들 핵교 다닐 때두 수시로 편지가 왔으니, 그 양반 우리 집 편지 아니면 이 동네 출입힐 일이 읎었을 것이다. 그 양반 편지 받구 울기두 허구 웃

엄마 집인데, 아버지 이름이 적힌 문패를 대문 옆에 떡하니 달아 놓고, 당신 이름은 우편함 귀퉁이에 흐릿하게 써 놓았다.

기두 허구 땅이 꺼지도록 한숨을 쉬기두 했단다. 지금은 워쩌다 한 번씩 젊은 우체부가 오토바이를 타구 뜨르르 왔다가 소리두 읎이 사라지지만, 그때는 우체부두 큰 손님이었단다. 집안 내용 그 사람보다 잘 아는 사람이 읎었다니께.

사람두 어쩌나 소인스러운지 열 번을 봐두 꼭 모자 벗구 인사를 했단다. 니 아배두 그 사람을 좋아혔지만, 그 사람두 니 아배를 좋아허는 거 같았다. 두 사람이 생긴 것두 비슷혔지만 애기두 잘 통혔단다. 은근히 잘난 척허던 니 아배가 애기 통헌다구 막걸리 잔을 기울인 거 보면, 그 양반두 보통 수준은 넘었던 모양이여. 무식헌 마누라허구 사느라 고급스런 애기가 갈증두 났을 테지. 나야 농사 말구는 아는 게 읎으니 답답혔겠지. 그 양반 얌전해 뵈두 우스운 소리 참 잘혔단다. 술잔이 넘쳐서 거나히지면 니 아배헌티 형님이라구 허면서 껄껄껄 웃었단다. 나두 그 양반헌티는 아까운 줄 모르구 갈이면 고추두 주구 고구마두 주구 쌀두 한 말씩 자전거에 실어 보냈다. 니 아배 죽구 한참 뒤 그 양반 어떻게 알았는지 자전거 타구 집에 한번 찾아왔더구나. 초상 때 먹구 남은 막걸리 줬더니 형님 읎이 무슨 맛으로 먹느냐구 감나무 그늘만 쳐다보구는 그냥 돌아갔단다. 자전거두 타지 않구 그냥 걸어가는 걸 보니 속이 많이 상혔던 모양이여. 오늘 그 양반 소식 들으니 나두 마음이 좋지 않더라. 나이가 있으니 갈 때가 되긴 혔지만 세월 참 잠깐이다.

　니 아배는 동무 왔다구 좋아허겄구나. 고마운 양반이라 나라두 찾어가 봤어야 허는디, 오늘 온 젊은 우체부 편에 봉투만 전혔다. 그 양반 참 좋은 사람이었는디……

나는 엄마 스스로 곱게 화장하는 모습을 한 번도 본 적이 없다. 항상 찬물에 얼굴 한 번 씻어내는 것으로 엄마의 치장은 끝이었다. 자식들 결혼식 때도 강요에 의해서 화장을 했다가는 식이 끝나기 무섭게 씻어냈다. 그런 엄마 때문에 나는 가끔 화가 났다. 맨 얼굴이 습관화될 수밖에 없었던 엄마의 가난하고도 고단한 현실에 화가 났고, 그런 엄마를 닮을까 봐 화가 났다. 엄마에게서는 그 흔한 로션 냄새조차 맡아지지 않았다. 손톱 밑에선 풀 냄새와 흙냄새가 맡아졌고, 거친 살결에선 비 냄새와 바람 냄새만 맡아졌다. 그래서 엄마의 세상은 늘 좁고 답답하고 희망이 없어 보였다.

　　내가 엄마를 그렇게 생각했던 딱 그만큼의 시간이 지난 뒤 돌아보니 엄마의 그 시절이 꼭 고단하고 답답하지만은 않았다는 걸 알게 되었다. 엄마에게서 맡아지던 풀 냄새와 흙냄새는 자식들과 당신을 위해 가꾼 아름다운 꽃밭 냄새였고, 엄마에게서 맡아지던 비 냄새와 바람 냄새는 자식들의 이상이고 당신의 꿈이었다. 그것들을 가꾸고 그것들을 위해 사느라 풍긴 냄새가 바로 엄마의 냄새였던 것이다.

　　그러나 지금의 엄마에게서는 아무 냄새도 나지 않는다. 11월의 묵정밭처럼 냄새도 소리도 잊어버린 듯 춥고 고요할 뿐이다. 여름을 보내느라 지치고 닳아빠진 호미처럼 헛간 한구석을 조용히 지키고 앉아 지나온 여름을 추억하고 있을 뿐이다. 그래도 엄마의 지나온 그 시간이 결코 불행하지 않았음을 알게 하는 것은 엄마가 아직도 우리들의 꽃밭에 머물러 있기를 원한다는 것이다. 그리고 언제나 아버지가 곁에 있음을 믿기 때문일 것이다.

내 새끼들이 최고여

첫 손주

웃말 득봉이네 품앗이하러 막 대문을 나서는디 즌화가 극성맞게 울리는거. 장화 벗기 귀찮어서 그냥 마당으루 나가는디 그놈의 즌화가 그치지 않구 자꾸 울리더구나. 엊저녁 이장 마누라가 크피 타임이라나 뭐라나 허는 시간에 꼭 맞춰 오라구 신신당부힜는디, 즌화 받구 가자니 늦구 그냥 가자니 자꾸 신경이 쓰이구, 결국 파밭쯤 가다가 도루 집에 들어왔다. 아무래두 긴급한 즌화인 것 같어서 그냥 갈 수가 있어야지. 사실 논에 들어가 모 심는 시간은 아직 여유가 있는디, 누가 그런 습관을 들였는지 일허기 전에 크피 한 잔썩 안 먹으면 피곤히서 일을 뭇헌댜. 해두 짧은디 아주 별 지랄덜을 다 떨어.

마음이 급히서 장화 신은 채로 방에 들어가다 생각허니께 니 둘째 올케 산달이 아녀! 요새 이 집 저 집 돌아댕기며 일허느라 깜박힜지 뭐냐. 아무래두 애인가 싶어서 얼른 즌화를 받었다. 창민에미더구나. 헌디, 무슨 일이냐구 물어두 선뜻 말을 뭇허구 가만히 있는겨. 순간 가슴이 덜컥 허더라. 이것이 그새 애 낳구 즌화를 헌 것인지, 아니면 탈이 나서 즌화를 헌 것인지, 지대루 말을 뭇허구 울기만 허니 내가 얼마나 놀랐겄냐. 내가 재차 물었다. "아가, 무슨 일이냐?" 그때서야 이것이 "어머니 저 아들 낳어요, 어머니 손주요…… " 허는 것이여. 시상에! 그게 웬일이냐. 그것이 글쎄 아들을 낳아놓구는 울면서 즌화를 헌겨. 내가 아주 가슴이 터지는 줄 알었다. 즌화 끊구 니 아배 사진 끌어안구 나두 울었다. 그리 손주 타령을 허더니, 그 꼬물거리는 거 한번 안아보지 못허구 죽은 니 아배 불쌍히서 워쩐다니…….

즌화 끊자마자 그 길로 니 동생네로 달려갔다. 까짓 품앗이구 뭐구 눈에 뵈는 게 읎더라. 모 안 심는다구 박힌 논이 워디로 도망갈 것두 아니구, 베 아니면 보리 심어 먹으면 그만이지 싶은 것이 아무 생각두 안 나더라. 손주새끼 살 냄새 맡을 생각을 허니께 가슴이 벌렁벌렁히서 그냥 있을 수가 읎어. 부랴부랴 옷 주서 입구 회관 앞으로 가 뽀스를 지달리는디 망할놈의 뽀스가 와야지. 뽀스 오기 지달리다가는 우리 손주 오줌 가리겄다 싶어서 냅다 택시 잡아탔다. 다른 때 같었으면 언감생심 꿈두 꾸지 못헐 일인디, 니 아배 베갯속에 숨겨뒀던 비상금까지 톡톡 털었어두 아까운 줄 모르겄더라.

누가 들으면 손주 타령 어지간히 헌다구 욕헐지 모르지만 그런 게 아니다. 내 넘치게 살어두 십 년 안팎일 것이다. 손주 덕 볼 일두 읎구, 대를 이어 조상들헌티 낯을 세우려구 허는 것두 아니다. 너두 아들 낳아봐서 알지만, 그놈의 핏줄이 얼마나 살 떨리게 만드는 것인지 알 것이다.

아들 원허는 것두 언제 죽을지 모르구 악착같이 사는 것허구 똑같지 뭐가 다르겄냐. 내 생각이 낡구 무식히서 그렇다구 비웃어두 헐 수 읎다. 지 자식 금쪽같이 여기구 살면 그게 그거다.

참, 니 큰올케헌티는 너무 티내지 말어라. 안그리두 창민에미가 "형님 저 아들 났어요" 허구 전화힜더니 축하헌다구 말은 허는디, 어찌나 서운한 기색이 역력허던지 미안히서 혼났다구 허더라. 왜 안 그렇겄냐. 명색이 큰며느린디 줄줄이 딸만 내리 뽑았으니 서운허구 부럽구 힜을 것이다. 니 올케두 가난한 집에 시집와서 이때껏 고생 많이 힜다. 츰이는 하두 지독히서 미웠는디 집 장만히서 사는 걸 보니께 미안허구 대견허다.

그나저나 올 추석이면 모두 모일 텐디, 니 올케 맘 상허지 않게 조심히라. 나두 창민에미헌티 미리 말해뒀다. 손주는 속으로 이뻐헐 테니 너무 서운히 생각지 말라구. 형제들끼리 우애가 좋아야 집안이 편허지. 손주 봤다구 시에미가 너무 티내면 쓰겄냐.

내 자식들은 몽땅 과장이여

아침에 먹구 남은 찬밥이나 끓여 먹을까 생각허구 있는디, 순배오매가 마실 가자며 삐쭉 들어서는겨. 생전 우리집에 오지 않던 할매가 웬일인가 헀더니, 웃말 사는 형님 문병 갔다 오다 들렀다구 허더라. 웃말 사는 순두허구 순배가 사촌 아니냐. 순두오매가 나보다 두 살 더 먹었으니께 일흔일곱이구나. 한 달 전부터 자궁암으로 시름시름 앓구 있단다. 나두 며칠 전에 갔다 오긴 헀는디, 얼굴빛이 시커먼 게 오래 못 살 것 같더라. 빠를 것은 읎지만 죽구 싶은 사람이 워디 있겄냐. 순두오매가 내 손을 꼭 잡으면서 잘 말린 약쑥 있으면 구해달라구 허더라. 병원서 못 고친 병을 그깟 약쑥으로 뭘 고치겄냐, 지푸라기라두 잡구 싶어서 허는 말이겄지.

내 집에 온 손님 그냥 보낼 수두 읎구 찬밥이라두 같이 먹을까 히서 밥통 뚜껑을 들썩였더니 순배오매 그만두라구 내 손을 잡아끌더구나. 창순네가 마을 회관에 한 상 차려놨으니 거기 가서 저녁 때우자구. 평상시두 그 여편네 손 크구 솜씨 좋기루 소문났는디, 시아배 기지사를 지냈으니 오죽 푸짐허게 차렸겄느냐구, 순배오매 서두르는디 안 갈 수가 있어야지. 찬밥 푸다가 도루 집어넣구 따라나섰다.

아니나 다를까, 증말 떡 벌어지게 차려났더라. 그 영감은 죽어서까지 호강허나 싶어 은근히 부럽더라. 살아 있을 때는 며느리 억세구 보짱만 좋다구 궁시렁 떨더니 그 며느리헌티 배터지게 지사 밥 은어먹으니 그 영감탱이 복은 타구났는가벼.

그 비싼 손바닥만 한 새우며 세발 낙지, 조기, 육회 등 일류로 차려났더라. 순배오매가 자꾸만 가운데 앉자구 허는 것을 술 취한 남자들 옆에 앉기 싫어서 나는 멀찍이 구석에 앉았다. 다들 먹구 물러났는디, 늙은이 가운뎃자리 앉아서 먹는다구 눈치 받는 것두 그렇구, 순배오매 술 취한 인사들허구 주거니 받거니 허면서 그 나이 되도록 술 한 잔 못헌다구 헐까 봐 아예 자리를 피헌겨. 아직은 여편네가 주책없는 영감들허구 말장난허는 거 보기 싫더라. 옛날부터 니 아배가 그런 버릇 하나는 확실허게 길들이구 갔다. 내가 그리 빼어난 미모는 아니지만 니 아배는 시상천지 지 마누라가 최고 이쁜 줄 알구 살았단다. 워디 감히 다른 남자 옆에서 술잔을 받어먹어. 아마 그랬다면 니 에미 요절났을 것이다. 그때는 너무 심허다 싶어 저것이 의처증은 아닐까 걱정했는디…… 죽어 읎으니게 별게 다 그립다.

동네서두 환용오매 즘잖은 고집은 아무두 못 말린다구 제쳐났다. 술을 헐 줄 아나 노래를 헐 줄 아나 따지구 보면 즘잖은 것이 아니라 등신이지 뭐냐. 신명두 타구나야지 노력헌다구 되는 것이 아닌 모양이다.

아무튼 즘심에 라면 하나 끓여 먹어 배가 고팠던 참인디 아주 맛나게 잘 먹었다. 앓던 감기가 뚝 떨어지는 것 같더라. 니들이 사다 준 고기며 생선이 냉장고에 그득 찼는디 꺼내 먹어지지가 않는구나. 애끼는 게 아니라 녹여 먹기 귀찮어서 그렇다.

내가 식혜 한 대접을 다 비우는 걸 보더니 순배오매가 기어이 내 곁으로 다가오더라. 벌써 혀가 돌아가서는 형님을 행님이라구 허면서 달려드는겨. 제 깐엔 나허구 친해보자구 그러는디 내 성격이 차서 그런가 쉽게 달큰허니 못 지내겠더라. 그보다 그 여편네가 나헌티 작정을 허구 주사를 부리는 디는 다 그만한 연유가 있었다. 순배가 니 막내동생허구 고등핵교 동창 아녀. 그런디 니 동생은 결혼히서 어엿한 직장까지 있는디, 순배는 여즉 장가두 못 갔잖어. 그러니 얼마나 속이 터지겠냐. 나이 서른이 넘었는디 색시는커녕 지 밥벌이두 못허구 시골 구석서 빌빌거리니 순배오매 속이 비틀릴 만두 허지.

순배오매 지가 먹던 식혜 그릇을 들구 와서는 자꾸 더 먹으라구 들이대는겨. 더 먹을 배두 읎었지만 권허는 심사가 별루 달갑지 않어서 됐다구 했더니 대뜸 그러잖어.

"아이구 새끼들 출세힜다구 디게 그만허네. 그러지 말어, 우리 순배두 출세헐 날 있을겨."

그 여편네가 먼저 찝짜 붙는디 게서 큰 소리로 싸울 수두 읎구 먹은 식혜 넘어올라구 허는 거 꾹 참구 있는디, 옆에 있던 종노오매가 불쑥

고물창고로 변해버린 위채 가운데 방. 내가 읽던 문학전집과 엄마의 미싱과 형제들의 교복이 옷장 속에 들어 있다. 나는 아주 가끔 이 방 백열전구에 불을 밝혀본다.

나서서 그러는겨.

"그 집은 과장이 다섯이라메, 좌우지간 환용오매 새끼들은 잘 키웠다니께. 순배오매는 맨발로 뛰어두 환용오매 뭇 따라가. 공연히 시비 걸지 말어. 워디, 잘난 오매 술 한 잔 받어 봐."

말리는 시누이가 더 밉다구 종노오매는 왜 끼어들어서 쌈을 붙이는지. 저녁 먹던 사람들이 좌다 쳐다보며 한마디씩 허는겨.

"뭔 과장이 그렇게 많대유?"

까짓 거 말 뭇헐 것두 읎다 싶어서 말히 버렸다.

"그류, 우리 새끼들은 다 과장이유, 첫째는 대림산업 과장이구, 둘째는 토지공사 과장이구, 셋째는 극동제약 과장이구, 첫째사위는 경찰청 과장이구, 막내사위는 국세청 과장이유."

내가 숨두 안 쉬구 보란 듯이 말힜더니 사람들이 빤히 쳐다보더라. 내 입으로 새끼들 애기 미주알고주알 떠든 적 읎는디 나보구 잘난 척을 헌다구 그러니 속 시원히 털어놓을 수밖에. 어찌 되었든 내 입으로 자랑허구 만 셈이라 공연히 멋쩍구 쑥스럽더라. 불뚝거리는 순배오매 쳐다보자니 미안허기두 허구. 그런 자리서 공연히 자식 자랑힜다가는 시쳇말로 왕따 당하기 십상이다. 누군들 자식 자랑허구 싶지 않은 사람이 워디 있겠으며, 뭇난 자식 들춰내 남의 입에 오르내리게 허구 싶겠냐. 자식 일은 함부로 말헐 것이 뭇 되지. 험한 시상 입방정 떨어 뭐 좋을 것이 있다구. 워쩌다 니들 애기 해놓구 보니 주책 부린 것 같아서 맘이 좋지 않었다.

주워섬길 때는 솔직히 나두 모르게 자랑스러웠는디, 어깨 축 늘어진 순배오매 앞세우구 집에 돌아오자니 그 속이 워쩔까 싶은 게 후회되더라. 시상에 지 새끼 귀허지 않은 부모가 워디 있겄냐. 너두 부모 심정이 워떤 것인지 잘 알겄지만 새끼 땜에 웃구 새끼 땜에 운단다. 남편 따라 죽겄다는 여자는 별루 읎어두 새끼 따라 죽겄다구 강물로 뛰어드는 여자는 많다는 말이지. 내가 읎는 사실을 지어낸 건 아니지만 집에 오는 내내 순배오매헌티 미안히서 혼났다. 앞길이 창창헌디 뭘 걱정허냐구 아무리 달래두 맴을 풀어야 말이지. 헐 수 읎이 내 새끼들 흉 좀 봤다.

"그깐 놈들 과장이면 뭘 혀, 지들 먹구살기 바뻐서 지 에미 보약 한 첩 지어다주는 법이 읎는디⋯⋯."

그제야 순배오매 삐죽이 웃으면서 집에 들어가더라.

그저 내 소망은 한 가지다. 너희들 아무 탈 읎이 근강허게만 살어라. 과장이면 워떻구, 사장이면 워떠냐. 한시상 등 따습구 배부르게 살면 그게 행복이지. 보약 얘기는 그냥 해본 소리니께. 니 오래비나 동생들 헌티는 말허지 말어라. 늙은이 보약 많이 먹어 좋을 거 읎다. 죽을 때 용쓰기만 힘들지⋯⋯.

막내딸

내 딸들이어서가 아니라 인물은 워디 내놔두 빠지지 않지. 오죽허면 동네서 이쁜이네로 불렀겄냐. 말은 안 히두 니 아배나 나나 그 덕분에 은근히 뻐기구 살었다. 아들 가진 사람들마다 딸 하나만 달라구 혔으니, 덕분에 니 아배 장에 가면 대놓구 술 은어먹었단다. 특히 막내딸은 좀 이쁘냐. 선두 안 보구 데려간다는 셋째딸이라 욕심내는 사람들이 많었지. 아랫말 회관집 양반이 니 아배허구 친구 아녀. 그 양반은 보기만 허면 막내딸 달라는 소릴 히서 한번은 니 아배가 그랬단다.

"야 이눔아, 니 아들 서울대학 가거들랑 얘기히라."

니 아배는 보짱두 좋지. 자기 자식두 서울대학 뭇 보내구선 워치기 그런 소릴 혔는지 모르겄다. 허긴 아무리 재산이 많어두 배우지 뭇허구 똑똑허지 뭇헌 눔헌티는 딸자식 안 준다는 게 니 아배 철칙이었다. 그러니 딸자식 서울대학 나온 눔헌티 시집보내구 싶었겄지. 헌디, 사위 고를 새두 읎이 알어서 데려왔으니 니 아배가 서운헐 만두 허지.

특히 막내딸은 쪼끔만 참었으면 더 좋은 신랑감 찾었을 텐디, 무슨 지랄루 그리 맘을 먹었던 것인지 그때는 참 서운허더라. 체격두 약허지

월급쟁이지, 집안두 그렇지, 도무지 볼 게 있어야지. 상견례허구 와서는 속이 상히서 무진 울었다. 니 아배는 둘이 좋다구 한참을 만나구 다녔을 텐디, 워치기 결혼시키지 않느냐구 날 닦달허더라만……

동네서 얼마나 잘 보내는지 두구보자구들 힜을 텐디, 그렇잖아두 식장서 회관집 내외 보기가 어찌나 민망헌지 인사두 허는 둥 마는 둥 힜다. 나중에 들으니 다들 수군거렸다구 허더라.

"아이구! 큰사위만 뭇혀, 어지간히 골루더니 다 지 짝이 있는 법이여."

여편네들 쑥덕공론이야 잔칫집 새우젓 접시처럼 흔한 일이니 크게 신경 쓸 일은 아니다만 당시는 어찌나 속이 상허던지 신부 대기실에 앉아 있던 딸년 찾아가서 몇 대 쥐어박았다.

다 옛날 일이니 허는 말이다. 지금은 내 식구여서 그런가 볼수록 정이 간다. 그것이 우리헌티 오죽 잘허냐. 막내딸 아니었으면 워쨌을까 싶을 정도루 사위헌티 신세 많이 졌다. 입 무겁구 속 깊은 것이 생전 누구헌티 싫은 소리 허는 법이 읎지. 그러니게 지 처남들 둘씩이나 데려다 뒷바라지히서 장가보내구 이제껏 옆에 두구 살겄지. 염치읎다는 생각이 들 때가 많다. 다행이 지 복이 많아서 어렵지 않게 살어주니 얼마나 고마운 일이냐. 그러니게 사람은 겉만 보구는 모르는겨. 회관집 아들 요즘 보니게 아주 늙구 시커먼 게 볼품 읎더라. 우리 막내사위가 훨씬 뽀얀 것이 영글어 보인다니게.

피서

둘째가 느닷없이 즌화히서 피서 가자구 허더라.

피서는 도회지 사람들이나 가는 것이지 시골 노인네가 무슨 피서냐구, 즘이는 니 에미 놀리느냐구 호통을 쳤다. 그리두 이놈이 끝까지 우기며 난지돈가 워딘가에 방을 잡아놨다구 고집을 피우는겨. 본래 난 물가는 좋아허지두 않구, 산은 집 근처가 다 산인디 농사일 팽개치구 팔자 좋게 워디루 피서를 간다니. 암만히두 저희들끼리 놀러가는 것이 맘에 걸리니게 한마디 힜나 싶어서 그렇게 하마구 즌화를 끊었다. 설마 진짜루 피선지 휴간지를 떠날 거라구는 생각지 뭇힜지.

눈이 온들 맘 편하게 아랫목을 지켰겄냐, 비가 온들 한갓지게 우산 받치구 비구경을 갔겄냐. 일 년에 한두 번 노인정서 가는 관광이면 감지덕지. 생전에 또 무슨 영화까지 욕심을 부리겄어. 그런디 둘째가 즌화 끊어지기 무섭게 집으로 들이닥친겨. 반나절두 안돼서 온 걸 보면 아마 집으로 오는 도중에 즌화헌 모양이더라. 내가 안 간다구 헐까 봐 아예 작정을 허구 온 것이지. 그 이쁜 것들까지 쪼르르 달려들어 "할머니 빨리 피서 가자"구 법석을 떠니 싫다구 헐 수두 읎구, 얼떨결에 속

옷 몇 개만 챙겨 들구 따라나섰지 뭐냐. 실은 바쁜 너까지 온다는 소리 들으니 내심 맘이 설레서 며느리 눈치 볼 것두 읎이 아들 옆자리에 냉큼 올라탔다.

시상에! 산골서 일만 허다가 툭 터진 바다를 보니께 겁나게 좋더라. 내가 하두 좋아허니까 아들이 연신 "엄마 좋지? 좋지?" 허면서 저두 기분이 좋은지 껄껄 웃더라. 끝간 데 읎는 바다를 보니께 누렁이 생각두 안 나구 죽은 니 아배 생각두 안 나. 까짓 광 속에 있는 곡식 누가 퍼갈까 허는 걱정까지 안 드는 걸 보면, 사람은 그저 넓은 시상에 나와 봐야 허는가 보더라. 우물 안 개구리라는 말이 딱 맞어. 우리 동네 희택이 논이 최고 넓은 줄 알었는디 서해바다는 눈에 다 담지두 못헐 정도루 크구 넓은 것이 자동차루 한참을 달려두 마냥 시퍼렇더라.

아들이 옆에 있어서 그런가 아무 근심걱정 읎는 것이 마냥 차 타구 달렸으면 싶더라. 허지만 워디 그게 될 말이냐. 저는 지 가정이 있구 나는 갈 길이 따로 있으니, 부모 자식두 같은 둥지서 비비구 살 때뿐인겨.

한참 동안 달렸을 것이다. 시상에 소나무가 빽빽허게 들어선 곳에 그림 같은 집들이 나타나더라. 테레비 연속극서나 나오는 그런 집들을 가까이서 구경헐 줄 누가 알었겠냐. 워떤 사람들이 뭔 복을 타구났길래 저런 집서 사나 구경 한번 히보구 싶더라. 헌디, 둘째가 차를 떡허니 세우더니 그 그림 같은 집으로 쑥 들어가는겨. 놀라서 며느리헌티 물었더니 픽픽 웃기만 허구 말을 안 허니 알 수가 있어야지. 손녀딸이 "할머니 여기서 피서할 거예요" 허면서 지들끼리 깔깔거리더니 하나둘씩 차에서 내리는디두 나는 멀뚱히 차 안에 있었다. 아들이 이 집서 하룻밤 자구 갈 거니까 내리라구 헐 때까지 나는 빌려주는 집인 줄 물렀다. 호텔은 높은 아파트처럼 생겼는디, 펜션이라는 그 집은 도무지 우리네 단층 기와집처럼 생긴 것이 모양새가 참 좋더라. 그런 집을 지어 놓구 사람들헌티 몇십만 원씩 받구 빌려준다니, 별스럽게 먹구사는 사람들두 있더구나.

아무튼 안으로 들어가니 바깥서 본 것보다 더 좋더구나. 살림살이가 얼마나 깨끗허구 좋은지 그야말로 연속극서 나오는 사장 집 세간허구 똑같더라. 반질반질한 나무 계단을 따라 올라가니 이층에두 아래층허구 똑같은 방이 두 개나 있구, 방문을 열구 나가 보니 차 타구 오면서 봤던 바다가 바로 코앞에 있는겨. 시상에! 그렇게 전망 좋은 집은 내 생전 츰 봤다. 가격이 얼마인지는 모르나 내 죽기 전에 이런 집을 다 와 보나 생각허니 너무 행복히서 가슴이 북받치더라. 이 맛에 죽어라 새끼 키우나 허는 생각두 들구. 솔밭 속이라 솔 냄새까지 어찌나 향긋헌지 천국이 따로 읎더라. 이 좋은 시상구경 왜 이제야 히보나 허는 생각이 들면서 세월이 야속허더라. 손톱이 닳게 엎드려 일허느라구 하늘이 얼마나 높은 곳에 있는지, 바다가 얼마나 넓은지두 모르구 살았다. 내가 씨감자로 살아야 니들이 잘산다는 생각밖엔 읎었다. 그것이 잘못 산 것은 아니겄지만, 오늘 이 좋은 디 와서 보니께 사람 한평생 사는 것이 뭐 그리 대단헌 일두 아니라는 생각이 들더라.

아들은 나더러 아배 생각나서 그러느냐구 놀렸지만 그두 틀린 소리는 아닐 것이다. 좋은 거 보구, 맛있는 거 먹을 때마다 니 아배가 생각나는 것은 당연지사구……. 오늘은 바다를 봐서 기분이 더 그랬나 부다.

늙은이 맘 오뉴월 감주 맛 변허듯 허니 그리 신경 쓸 것 읎다. 그나저나 육 남매가 모두 모인다니 이게 웬일이냐. 니 동생 벌써부터 회 뜨러 간다구 난리다. 그놈이 어려서부터 인정두 많구 배짱이 좋잖니. 이 펜션 값두 수월찮을 텐디 지가 모든 경비를 다 댄다구 걱정 말랴. 지 마누라는 워치기 생각헐지 물러두 지 형제들 생각허는 걸 보면 그놈이 참 신통허다. 얘야, 앞으로는 내가 경비를 댈 테니께 해마다 우리 펜션으로 피서 가자.

김장하던 날

김장허구 가서 앓지는 않았는지 모르겄다. 내가 공연히 욕심 부리는 바람에 너희들 고생만 시켰구나. 집에 오구 가는 지름값허구 에미 주는 용돈 생각허면 오히려 사 먹는 김장이 더 쌀 텐디 말이다. 요즘에는 앉아서 인터넷인가 뭣인가로 즌화 한 통만 넣으면 뜨르르 배달히준다는디, 늙은이가 맘껏 심어놓구 니들에게 장사헌 것은 아닌가 미안허구나.

올해는 무슨 지랄루 그놈의 배추까지 끌어안지두 못허게 커서 작년보다 배는 더 양이 많아졌구나. 김장 씨 뿌릴 때만 히두, 니들 고생 시킬까 봐 고쟁이 적신 할매 마냥 어기적어기적 걸어가며 대충 뿌렸는디, 비 잘 내리구 날이 좋아서 그런가 손가락 마디쯤 컸을 때는 밤새 새끼를 치는지, 자구 일어나 솎아주기 바빴다. 누구 말마따나 밭이 걸면 흘리기만 히두 싹이 튼다더니 새끼 많이 난 할매라서 밭이 걸은 것인지, 무슨 놈의 밭이 누렁이새끼가 힘 한번만 줘두 똥 참외가 주렁주렁 매달리는구나. 짚으로 배추 묶어줄 때는 은근히 걱정되더라. 그렇잖아두 니 오래비 노인네가 매일 밭에 엎드려 있다구 야단인디. 다행히 니 오래비는 퇴근허구 늦은 저녁에 와서 배추만 실어 갔다. 내가 해 있을 때

자루에 담아서 마당에 쌓아놨다가 바로 차에 실어주었으니, 배추 크단 잔소리는 아마 지 집에 가서 마대자루를 열어본 다음에 했을 것이다. 니 올케 입맛이 깔끔해서 그런지 김장만큼은 꼭 저 혼자 허더구나. 츰이는 그게 서운허기두 헌디, 나두 신식이 되었는지 지 식구 입에 들어가는 음식이니 알어서 잘 허겠지 싶은 생각이 들더라. 니 올케가 워낙 조미료 들어가구 지름기 있는 음식을 싫어히서 그럴겨.

그나저나 올 김장은 지대로 되었는지 모르겄다. 김장 때 간으로는 황색이 젓갈 탓인지 구수허니 맛있더구나. 그 비싼 황색이 젓갈허구 생새우를 넣었으니, 맛이 괜찮을 것이다. 배추 이백오십 포기에 소금이 사십 키로 들어갔구, 붉은 갓허구 푸른 갓이 고무다라로 두 개, 자잘한 무가 한 오륙십 개, 대파허구 쪽파까지 적잖이 들어갔으니, 누가 봤으면 대사 치르는 줄 알었을 것이다. 늙은 장모가 웬 욕심인가 사위들이 흉보는 것은 아닌가 모르겄다. 세 사위 모두 책상머리에 앉아 펜대만 굴리는 인사들인디, 멋모르구 밭고랑을 뛰어다녔으니 지금쯤은 아마 허리께나 아플 것이다. 그리두 불만 읎이 그 숱한 배추를 옮기구 절이구 허는 걸 보니 신통허더라. 심성이 착허니게 그렇지 누가 처갓집에 와서 그리 두 팔 걷어붙이구 일들을 허겠냐. 츰이는 세 사위 모두 맘에 차지 않어서 니 아배랑 혼인 때마다 싸웠다. 내 새끼 귀하면 남의 새끼두 귀한 법인디, 그때는 왜 그렇게 내 새끼만 잘나 보이던지, 사람의 인연이란 것이 다 따로 있는 법인디 말이다.

얼마나 보기 좋더냐. 난 니들 쌍쌍이 앉아서 김장허는 모습 보니께 안 먹어두 배부르더라. 부자 아니구 까짓 얼굴 좀 못생겼으면 위떻구, 키가 좀 작으면 위떠냐, 지들끼리 맘 맞아서 알콩달콩 잘 살면 그만이지. 사네 못 사네 쌈박질이나 히대구 열흘들이 친정으로 도망쳐오는 딸들두 많다는구나. 우리 며느리들두 지 서방이라면 아주 끔뻑 죽더라. 물론 아들들이 워낙 착허구 잘허니께 그렇겠지만.

어느 때 보면 시에미가 있건 읎건 비비구 만지구, 아들놈이 더 난리여. 지들 좋아서 그러는디 내가 뭐라구 핀잔 줄 수두 읎구, 천생연분이다 싶어 모른 체헌다. 읎는 집에 시집들 와서 그만큼 이루구 사는 거 보면 며느리들헌티 더읎이 고맙지. 글쎄, 내가 앞으로 얼마나 더 살지는 모르지만, 사는 한은 너희들허구 매년 김장했으면 좋겄다. 한 십 년은 끄떡읎이 살 것 같은디, 늙은이 몸이 아침저녁 다르니 그두 장담헐 수 읎을 것이다. 까닭 읎이 몸이 아플 때는 당장 죽을 거 같다가두, 입맛이 좋으면 십 년은 더 거뜬히 살 거 같은 생각이 드니 말이다. 허긴 나혼자 오래 살면 뭐헌다니. 니 아배 나 언제 오나 눈 빠지게 지다릴 텐디, 성질 급한 양반이니 오늘 저녁이라두 데려가려 헐지 모르겄다. 그 양반 십 년 넘게 지다리게 헀으면 나두 갈 때가 되긴 헀지. 내가 새끼들만 챙겼지, 혼자 있을 니 아배는 자꾸 잊어버리는구나. 사람 욕심이 그렇단다…… 애야, 잊어버리지 말구 니 동생들헌티 일러라. 김치 사나흘만 있다가 냉장고에 넣으라구. 올 배추는 속이 두꺼워 그 정도는 뒀

사진 속의 손주들은 어느새 결혼할 나이가 되었다.

다가 냉장고에 넣어야 맛있을 것이다. 내년에는 배추 씨를 한번 바꿔서 심어봐야 되겠다. 속이 쬐금만 얇았더라면 더 맛있었을 텐디.

막내아들

퇴근헐 적마다 즌화허는 놈은 그리두 막내아들이다. 큰아들은 일주일에 한 번 꼴로 즌화허구, 둘째 놈은 워쩌다 생각나면 삐쭉 즌화 걸어 별일 읎느냐 소리만 허구 끊는다. 딸들 중에선 니가 그리두 하루 걸러 즌화허구, 막내 딸년은 내가 걸어 안부 묻기 전에는 생전 즌화헐 줄을 물러. 허는 일이 있으니 바쁘기두 허겠지만, 그년은 본래 성격이 좀 찬 편이란다. 애기 때부터두 품에 착착 안기는 애가 아니었다. 넘들헌티 퍼주기 잘허는 거 보면 인정머리가 읎는 편두 아닌디, 빈소리 헐 줄 모르는 성격 탓일겨. 새끼가 아무리 많두 다 제각각인 거 보면 참 희한허지.

내 귀가 잘 안 들리는 거 알구 니 오래비는 가끔씩 장난을 친단다. 다른 목소리를 내면서 누구냐구 맞춰 보라는겨. 내가 아무리 귀가 먹었어두, 내 새끼들 음성을 못 알아 듣겠냐. 따르릉 소리만 듣구두 누군지 다 안다. 밭에서 일허다가두 즌화 소리 들리면 누가 즌화허는지 알 수 있단다. 이 집서 저절로 울리는 소리는 누렁이 말구 즌화밖에 읎는디 그걸 모르겠냐.

또 뭘 꺼내주려구? …… 누가 오기만 하면 가운데 방에서 먹을 걸
꺼낸다.

니 동생 말여. 니 아배 죽구 나랑 농사지며 몇 해 살었더니, 다른 자식보다 정이 더 든 모양이다. 그때는 장사허다 망허구 내려와서 동네 사람들 보기 챙피혔는디, 지금 생각허면 그 애가 있어서 맘이 든든혔다는 생각이 든다. 지 딴에는 아배가 빚 은어준 돈으로 장사허다 날렸다구 맘고생을 헌 모양이여. 다른 자식들헌티는 한 푼두 빚 은어준 일이 읎었는디 그놈헌티만 이천만 원이란 큰돈을 은어줬으니, 받은 저두 맘이 편허지는 않었을 것이다. 장사라두 잘됐으면 좋았을 텐디 그마저두 안 되다 보니, 빚은 빚대로 남구 니 아배는 쓰러져 누웠으니 저도 죽을 맛이었을 것이다. 허지만 그게 워디 그애 탓이겄냐. 니 아배 명이 그만혔으니께 그럴 테지. 부모 입장은 늙어가는 아들 그냥 두구볼수 읎었다. 나이는 사십이 다 돼가는디 직장은 읎지, 벌어놓은 돈두 읎지, 니 아배 밤잠 못 자며 걱정혔단다. 결국 니 아배 막내아들 장가드는 것두 못 보구 죽었으니, 예식장서 혼자 앉어 있자니 가슴이 터지는 것 같더구나. 식장에 세워놓구 보니 인물은 또 어찌나 훤허던지, 보는 사람들마다 그 집 막내아들 잘났다구 한마디씩 허더라. 아들 불쌍히서 죽은 니 아배가 도와준 모양이여. 그 양반 새끼라면 벌벌 떨었단다.

늦게 장가들어 잘 살까 걱정혔는디, 귀한 아들 둘씩이나 낳구 사는 걸 보면, 지 연분도 따로 있구, 복두 지 몫이 있는 모양이다. 언제 결혼해 새끼 낳나 걱정허던 때가 엊그제 같더니 아들 두 놈 앞세우구 집에 오는 거 보면 세월 참 무상허다.

니 동생이 지난달에는 보약히서 보냈더라. 즌화허면서 기침을 좀 힜더니, 일허느라 몸이 약히져서 자꾸 감기 드는 거라구 신경질을 내더니 며칠 후에 그걸 히서 택배로 보냈더구나. 지 에미 일허는 게 마땅찮은 모양이여. 저두 집 장만 뭇허구 사는 놈이 그 비싼 보약은 왜 샀는지, 받구서두 마음이 짠허더라. 공연히 지 색시 몰래 돈 썼다가 닦달 당허는 것은 아닌가 마음두 불편허구. 저는 상의히서 헌 것이니 걱정 말라구 허지만, 암만히두 며느리 즌화가 읎는 걸 보면 몰래 히서 보낸 게 틀림읎어. 아들 덕분에 보약을 다 먹어보구 뒤늦게 나만 호강허구 사는구나.

장사 망허구 내려와 논두렁에 우두커니 서 있을 때는 어찌나 속이 상허던지, 저두 누가 볼까 무서운지 여간해선 밖에 잘 나가지두 않았단다. 농사꾼 자식이긴 허지만 본격적으로 농사를 지어본 것이 아니니 그저 나만 따라다녔지. 한번은 둘이 논에서 일허구 있는디, 반장이 지나가다가 껄껄 웃더라. 일허는 꼬라지를 보니 농사꾼 되기는 영 틀렸다구, 농사를 그리 만만허게 보면 안 된다구 한마디 허더라니께. 피사리 허는디, 피 하나 뽑구 일어나서 한숨 쉬니 그럴 만두 허지. 맘 읎는 일 허구 있으니 그게 지대로 될 리 있겄냐. 그리두 군소리 읎이 한동안 논으로 밭으로 따라다니며 삽질두 허구 호미질두 허더구나. 늙은 지 에미두 허는디, 두구볼 수만은 읎었겄지.

아마 근 일 년은 그렇게 집이서 죽은 듯이 살었을 것이다. 그러더니 어느 날 서울에 취직이 됐다구 올라간다는겨. 츰이는 그짓말인가 했다. 일허기 싫어서 또 콧바람이 든 것은 아닌가 걱정했지. 알구 보니 밤마다 이력서를 쓴 모양이더라. 땅 파먹구 살 자신이 읎었던 게지. 반장 말마따나 농사꾼 우습게 보면 안 된다. 도회지 사람들 툭 허면 때려치우구 시골로 내려가 농사나 짓겠다구 허는디, 그건 처녀가 애를 낳는 일보다 더 황당허구 어려운 일이란다. 보기는 낭만인가 뭣인가 있는 거같지만, 난 이제껏 한 번두 그런 걸 느껴보지 뭇했다. 농사 뭇 짓는 놈이 연장 탓헌다구, 직장생활 지대로 뭇허는 놈이 뭐는 지대로 헐 성싶으냐. 나는 그놈이 츰부터 농사지을 놈이 아니란 걸 알았다. 그애는 인상이 좋아서 사람들허구 부딪치면서 살아야 혀. 저두 그걸 아니께 답답히서 집을 떠났겄지.

그애가 말은 또 얼마나 청산유수로 잘허냐. 그러니 약 가방 든 지 일년두 안 돼서 일등 먹었겄지. 그런 생각허면 그놈 지금은 부자된 거다. 옷 가방 하나 달랑 들구 서울 올라갈 때는 얼마 뭇 가서 다시 내려오는 것은 아닌가 했는디, 일억이 넘는 전셋집에 살구 있으니 그만허면 됐지. 며느리두 알뜰히서 살림 불어나는 것은 시간 문제일 것이다.

용돈

　며칠 전에 니 오래비허구 올케 왔었다. 애들 다 키우구 오붓허서 그런가 두 내외가 제법 잘 돌아다니더라. 니 오래비두 그동안 고생 많이 혔지. 지금은 살 만허지만 객지서 공부헐 때만 히두 워낙 형편이 안 좋아서 돈 때문에 아마 힘들게 살았을 것이다. 니 올케두 표정이 밝아져서 보기 좋더라. 올 적마다 나 좋아허는 음식 한두 가지는 꼭 만들어다 냉장고에 넣어두구 간단다.

　엊그제두 두 내외가 말끔허게 차려입구는 즌화두 읎이 왔더구나. 밭에서 일허는디, 산모퉁이서 빵 허는 소리가 나서 일어나 보니 큰아들 차가 들어오는겨. 반가워두 호미 한번 흔들어주구는 그냥 밭에 엎드려 있었다. 차에서 내린 며느리는 집 안으로 들어가구 아들은 피식거리며 지 에미 일허는 밭으로 오더라. "어이! 최시남 여사 연애나 한 번 합시다" 허면서 말여. 개는 지 에미 놀려 먹는 게 그리 재밌는지 그리 쓸데읎는 소릴 잘허더라. 일헐 것두 아니면서 뭐허러 들어오느냐구 말려두 부득부득 신소릴 히가며 오더니 잠바 주머니 속에서 뭔가 쑥 꺼내 내 몸뻬 속에 찔러 넣는겨. 손이 드러워서 그게 뭐라니 허면서 그냥 받을 수밖에 없었단다. 속으로 재가 웬일로 봉투를 다 주나 생각은 했지. 지들두 적은 월급에 애들 갈치느라 무슨 돈이 있어 주겄냐. 애당초 그런 생각은 허지두 않구 살았다. 장 봐 오는 것두 돈이구, 큰며느리 노릇 허는 것두 돈인디 용돈은, 무슨 염치없는 생각이지.

아들 들어간 뒤 호미자루 놓구 봉투 열어보니 십만 원이 들었더구나. 지 에미 용돈 줄라구 야근이라두 헌 것은 아닌가 히서 마음이 좋지 않았다. 며느리 있는디 쫓아가 돌려줄 수두 없구, 좋으면서두 공연히 가슴이 벌렁거리더라. 아들이 부자라면 그깟 돈 십만 원 맘 놓구 받을 테지만, 용돈 타서 쓰는 주제일 텐디 그걸 받어 쓰면서 마음이 편허겄냐. 즘심밥 먹는디 며느리 눈치 뵈서 혼났다. 니 오래비는 뭐가 그리 기분이 좋은지 콧노래를 부르더라만, 나는 몸뻬 속에서 봉투가 부스럭거릴까 봐 젓가락질두 지대로 못힜다. 암만 생각히두 돌려줘야지 마음이 불편히서 참을 수가 없는겨. 줄라면 차라리 며느리 손을 통해 줄 것이지 말여.

즘심 먹구 나는 깨밭으로 나왔다. 니 올케는 부엌 청소허는 눈치구, 니 오래비는 위채로 올라가는 걸 보니 한잠 자려는 눈치더라. 서너 시쯤 되니께 두 내외가 간다구 마당으로 나와 날 부르더구나. 매번 집에 와야 나는 나대로 일허구 지들두 헐 일만 허구 그리 간단다. 그리두 가봐야 헐 거 같어서 마당으로 갔더니, 웬걸! 이번에는 며느리가 또 봉투를 건네는겨. 이거 받을 수두 없구, 안 받을 수두 없구, 두 내외가 갑자기 날 받어놓은 시에미헌티 허듯 왜 이러나 싶더라. 니 오래비가 허허 웃어가며 눈을 찡긋거리는겨. 며느리 손부끄럽게 밀어낼 수두 읎구, 그냥 받었다. 용돈 한 번 지대로 못 줬다구, 장에 가서 맛있는 것두 사 먹구 노인정서 놀러 갈 때 쓰라며 내 손에 꼭 쥐여주구는 쌩 가버리더구나. 차 떠난 뒤 봉투를 열어보니께 시상에! 니 올케는 이십만 원을 넣었더라. 고맙구 미안히서 대문 앞에 한참을 앉어 있었다. 부모라구 히준 것두 읎는디 돈만 받은 거 같아서 마음이 찡허더라.

내가 아주 횡재를 힜구나. 그런디 그 돈 아까워서 워디 쓰겄냐. 꼭꼭 싸매서 서랍장 속에 감춰뒀다. 아들 며느리가 큰맘 먹구 준 돈인디, 빵 사 먹구 놀러 가구 허는 디 막 쓰구 싶지 않다.

내가 이런 애기 헌다구 너까지 공연히 마음 쓰는 것은 아닌지 모르겄다. 좋아서 헌 애기니께 신경 쓰지 말어라.

제주도 여행

　나는 제주도가 그렇게 가까운 곳에 있는 줄 물렀다. 비양기 타구 간
다구 허길래 서너 시간은 가야 허는 줄 알었는디, 탈만 허니께 내리더
구나. 즘이는 뽀스만 타두 멀미를 히서 이거 큰일났구나, 내심 밤잠 못
자구 걱정했단다. 그런디 그 큰 비양기가 워치기 하늘로 뜨는 것인지
암만 생각히두 모르겄더라. 뽀스보다 훨씬 편허구 좋더구나. 시상 참
좋아졌지, 내가 비양기 타구 여행 갈 줄 누가 알었냐. 물론 니들 아니
면 꿈두 못 꿀 일이지만, 지금까지두 마음이 들떠서 가라앉질 않는다.
자식들이 아무리 부자라구 히두 지 에미 생각허는 맘 읎으면, 쉽게 여
행 보내주겄냐.

　노인정서두 며칠 동안 딸들허구 제주도에 다녀올 거라구 헀더니, 다
들 부러워허더라. 누구 할매는 늦게 복 터졌다구. 자식들이 워쩌면 그
렇게 하나같이 지 에미를 끔찍허게 생각허느냐구 다들 한마디씩 허더
구나. 사실, 내가 은근히 자랑헀다. 얼마 전에 종기할매가 해외 어딘가
갔다 와서는 하두 잘난 척을 히서 눈꼴시러웠단다. 비양기 한번 못 타
본 사람들이 얼마나 많은디, 앉기만 허면 자랑을 늘어놓는겨. 지 아무

리 듣기 좋은 꽃노래두 자꾸 들으면 싫증나는 법인디, 그 할매는 도대체 눈치코치가 읎단다. 그리서 나는 말 안허구 조용히 다녀올라구 힜는디, 아무래두 종민할매가 찾을 거 같어서 얘기허다 보니 별수 읎이 자랑한 셈이 되구 말었다. 그러구 보면 다른 할매 욕할 것두 읎지.

누렁이는 반장헌티 한번씩 들러서 밥 챙겨주라구 일렀구, 문단속은 못질 하듯 단단히 잠겄다. 니 동생이 새벽같이 데릴러 와서 막 대문 잠그구 나서는디, 노인정 회장이 헐떡거리며 찾아왔더라. 웬일인가 싶어서 가슴이 덜컥 내려앉더라. 부고장은 대개 반장이 전해주는디, 여간해선 우리 집에 발길 안 허는 노인네가 댓바람부터 무슨 일인가 싶었다. 잠바 안주머니를 뒤적거리더니 봉투 하나를 꺼내 주더라. 무슨 봉투냐구 힜더니 노인정 사람들이 쪼끔씩 돈을 걷었다구, 얼마 안 되지만 여행비에 보태라구 주더라. 딸들 덕분에 맨손으로 따라가는디, 내가 무슨 돈이 필요허다구 그걸 받었냐. 싫다구 사양허는디두 꾸역꾸역 스웨터 주머니에 찔러넣어 주구선 뛰다시피 도망가서 헐 수 읎이 받었다. 니 동생이 깔깔 웃어가며 "엄마 그냥 받어" 히서 차에 탄 뒤 봉투를 열어 보니께 돈 낸 사람 이름허구 돈이 들어 있더라. 나는 한 번두 봉투를 헌 적이 읎는디 공연히 얘기힜나 싶어 얼굴이 화끈거리더구나. 니 동생이 봉투를 뺏어 확인하더니 또 지랄허구 웃는겨. 스무 명두 넘는 사람들헌티 걷은 돈이 겨우 이만삼천 원이냐구, 재밌어 죽겄다구 난리여. 니 동생은 웃었지만 나는 안다. 그 노인네들이 무슨 돈이 있겄냐. 아마 회장이 오천 원 냈을 것이구, 나머지 사람들은 십시일반으로 오백 원, 천 원 냈을 것이 분명허다. 콩 되, 팥 되나 팔아야 천 원짜리 한 장 만지는 촌구석서 무슨 돈이 있어 팔자 좋아 여행가는 할매 용돈까지 챙겨주겠냐. 니 동생 말마따나 여행 갔다 와서 인절미라두 한 말 쳐야지 그냥은 못 있겠다 싶다.

그나저나 애야, 제주도는 정말 다른 나라 같더구나. 비양기서 볼 때는 바다 위에 떠 있는 위태위태한 섬이더니, 땅에 내리니까 별천지더라. 우리 동네는 추운디 거기는 아주 딱 좋은 날씨더라. 옷을 더 입구 갔더라면 더울 뻔했다. 나무두 다르구 꽃두 다르구, 그런 시상이 있다는 거 가보지 않구 워치기 알겄냐. 니 동생은 눈두 밝지, 나는 뽀스 타구 돌아다닐까 봐 멀미약까지 챙겨왔는디, 공항에 내리자마자 남의 차를 지 차마냥 떡허니 운전허는 걸 보니 아주 흐뭇허더라. 딸 셋허구 콧노래 부르며 놀이 다니니 시상 부러울 것이 읎더라. 며느리들헌티는 좀 미안허지만, 지들두 시에미랑 여행가는 거 그리 반기지는 않을 것이다.

너는 제주도 워디가 좋터? 나는 그 식물원이 참 좋더라. 시상 꽃이란 꽃은 죄다 그 안에 다 있더구나. 모양두 별스럽지만 워쩌면 그리 색깔들이 고운지 눈이 부시더구나. 전에 꽃 박람회에 가본 적이 있긴 허지만 그런 꽃들과는 또 다르더구나. 나중에 사진 나오면 크게 만들어서 벽에 걸어놓구 보면 좋겄다. 사진은 화사하게 입어야 잘 나오는디, 즘잔 떤다구 꺼먼 바지를 입어서 잘 나왔을라나 모르겄다. 내 보기에 우리 딸들은 환허니 보기 좋더라. 사진 찍을 때 워떤 영감이 그러지 않더냐. 워쩌면 네 모녀가 그리 인물이 좋으냐구. 그 영감 자꾸 힐끔거리는 것이 아마 우리가 부러웠던 모양이여. 니 동생은 그 영감이 나헌티 관심 있어 그런다구 힜지만, 설마 나 같은 늙은 할매 땜에 쳐다봤겄냐. 개는 가끔 실없는 소리 잘허더라. 클 적이는 삐쩍 말라서 사람 노릇헐까 걱정있는디, 지금은 몸두 좋구 사는 형편에 비해 밝아서 보기 좋더라. 어려운 거 눈에 뻔히 보이는디두 돈 없다 소리 안 허는 거 보면 기특혀.

   이번 여행은 나두 그렇지만, 니 동생 좋아허는 거 보니 참말로 가슴이 짠허더라. 그렇게 노는 거 좋아허는 애가 그동안 얼마나 답답했겄냐. 회허구 소주 먹는 거 좀 봐라. 언제 또 술은 배웠는지, 소주 한 병을 물 마시듯 털어 넣는 거 보구 놀랐는디 멀쩡허더라. 그 순한 것이 새끼 들허구 먹구사느라 동동거리더니 장돌뱅이가 다 됐더구나. 장사꾼들 상대허구 살았으니 변헐 만두 허지. 그러게 여자 팔자 뒤웅박 팔자라구, 내가 사위를 잘못 읃었다는 것이 아니라 본래 그 애가 그림을 잘 그려서 화가가 꿈이었는디, 아들놈들 갈치느라 공부를 못 시켰더니 그리 되었지. 여핵교 다닐 때만 히두 영희 담임선상이 그림공부 계속 시키라구 집까지 쫓아왔었다. 헌디 그 어린 걸 공장으로 보내구 말았으니, 그애 볼 면목이 읎구나. 니 아배 닮아 혈압두 높은디 술은 좀 끊으라구 니가 잘 일러라. 술 먹어서 그런가 몸은 또 왜 그렇게 뚱뚱히졌다니, 나이 들면 몸이 불긴 허지만 내 보기에 지대로 찐 살이 아닌 거 같어 맘

혼한 글귀지만 서로 믿고 사랑하지 않으면 실천하기 힘든 진리다.

에 걸린다. 에미라두 지 속을 다 드러내지 않으니 도움두 못 주면서 꼬치꼬치 물어볼 수두 읎구, 그저 쳐다보기만 핬구나.

영희 잘 먹는 회 한번 더 사 멕일 걸, 늙은이가 공연히 맘만 들떠서 그냥 돌아오구 말었구나. 또 기회가 있겠지. 그때는 내가 땅이라두 한 자리 팔어서 우리 새끼들 모두 데리구 가 실컷 멕이구 구경시킬 것이다. 죽으면 다 소용읎는디, 왜 그토록 아등바등 산 것인지. 그렇게 나이 들어 철난다구, 돌아보면 맨 아쉬운 거 투성이란다. 형편 때문에 새끼들 눈에 눈물짓게 허는 일은 부모로서 헐 짓이 아닌다……. 새끼 눈에 눈물 나면 에미 가슴엔 피멍이 드는겨. 비싼 돈 들여 여행 잘 다녀와서는 이 무슨 변덕인지, 입이 터져라 회를 쌈 싸먹던 영희가 생각나 엊저녁은 새벽닭 울 때까지 잠을 설쳤다. 그애헌티는 이런 말 전허지 말어라. 지 얘기헌 줄 알면 공연히 마음 상할라.

낮에는 니들이 사준 천혜향 가지구 노인정에 갔었다. 나두 제주도 가서 츰 먹어봤지만 노인정 사람들두 무슨 과일이냐구 다들 물어보더구나. 귤허구 오렌지허구 교배히서 나온 과일이라구 내가 설명해줬다. 두 박스니께 얼추 하나씩 돌아가구 몇 개 남아서 종민이 따라왔길래 유치원 가방에 넣어줬다. 달아서 그런가 맛있게들 먹더구나. 천혜향 두 박스에 삼만 원 주구 샀으니, 여행비 받은 돈보다 많이 쓴 셈이잖니. 회장이 나더러 "역시 시남 씨는 통이 크다"구 너스레를 떨어서 한참 웃었다. 정이라는 게 베푸는 쪽이 받는 쪽보다 기분 좋은 건 사실이더라. 생각대로 니얼모리는 찹쌀 남은 것으로 인절미나 해갖구 노인정에 가야겠다.

고구마

생전 허지 않던 노동을 힜으니 몸들이 편치 않을 것이다. 그러게 농사꾼 허는 일이 쉬운 듯 보여두 보통 힘든 것이 아니란다. 멋모르구 덤볐다가는 큰일 치르기 십상이지. 그나저나 사위들헌티 미안히서 큰일 났구나. 공연히 바쁜 사람들까지 불러서 일을 시켰으니, 속으로 아마 다시는 처갓집에 안 간다구 욕이나 허지 않았나 모르겄다.

아니라면 다행이다. 속들이 깊으니 드러내놓구 늙은 장모 욕허지는 않을 것이다. 가져간 고구마는 덜 말랐으니 베란다에 놓구 뚜껑 열어두거라. 젖은 채로 두면 금방 썩어서 오래 못 간다. 한 박스 더 가져가라니게 왜 싫다구 그랬니. 집에 놔둬 봐야 내가 그걸 혼자 먹겄냐, 지나가는 사람들 퍼주기나 헐 테지.

해마다 덜 심는다구 허면서 그놈의 욕심 때문에 싹 틔운 거 다 꽂었더니 캐는 일이 고생이었다. 고구마는 아주 실허더라. 비만 살짝 내렸어두 수월힜을 것인디. 칡뿌리 캐듯 허려니 힘들었을 것이다. 츰이는 왜 저렇게 밭고랑을 뭉개구 있나 싶었는지 지나가던 반장이 픽픽 웃어가며 밭으로 들어와 호미를 달라기에 줬더니 몇 번 찍어보구는 도로 주더라. 내 아무리 호미자루를 젓가락 놀리듯 허는 사람이라구 히두 팔목이 시큰거려 도무지 히낼 것 같잖더라. 젊은 반장두 혀를 내두르며 호미자루를 내던지는 걸 보니 겁두 나구. 그리서 니들을 부른 것이다. 십시일반이라구 밭고랑에 사람이 꽉 차면 제 앉은 자리는 표시 날 거 아녀. 니들두 츰이는 우습게 보지 않았냐. 막내사위는 아주 재밌는 일인 줄 알구 펄쩍펄쩍 뛰어서 고구마 밭으로 들어가더구나. 애들은 더 신이 나서 너두나두 호미 하나씩 달라기에 모두 손에 쥐어줬다. 일은 하거나 말거나 밭고랑에 사람이 꽉 차니 보기는 좋더라. 넘들이 봤으면 저 집에 무슨 잔치 벌어졌나 헀을 것이다.

도시에서만 살아 먹어보기만 헀지, 언제 고구마를 캐 봤겄냐. 아마 일두 아니라구 생각헀겄지. 소풍 나온 거보다 더 재밌게 생각헀을 것이다. 지 식구들이 캔 고구마는 몽땅 가져가라구 헀으니 신이 날 만두 허지. 수진애비는 고구마 밭을 통째로 들구 가구 싶은 양 욕심을 내더구나. 지 집 식구들은 밥보다 고구마를 더 좋아헌다구. 딸년은 그리두 땅 사정을 쪼끔 아는지 지 서방 까부는 거 가소롭게 쳐다보구 있더라. 사위는 꼼꼼허구 알뜰헌디 딸년은 그 반대라 주면 받구 안 주면 말구 허는 식이니 그럴 만두 허지. 셋째아들허구 둘째딸두 밭고랑 가지구 싸우는 거 봤냐. 자기 고랑이라구 우기면서 하나씩들 차지허구 앉는 거 말여. 내가 속으로 저놈들 얼마나 캐나 두구보자구 웃었다. 아니나 다를까, 한 시간두 안 돼서 하나씩 뒤로 나자빠지더라. 캔 고구마두 형편

가물어 밭이 갈라지면 엄마 속은 더 타들어간다.
하루 종일 주문을 외듯 "비가 와야 헐 텐디" 하면
서 돌아다닌다.

읎더라. 힘으로만 호미를 내리쳐서 성한 고구마가 하나두 읎어. 큰소리들 쳤으니 밭고랑서 나갈 수는 읎구, 엉덩이 뒤로 빼구 앉아 있는 거 보니께 우습더라. 허지만 시작한 일이니 그만둘 수는 읎구, 그냥 모른 체 했다. 사람 사서 헐 테니 그만들 허라구 헐 수두 있지만, 입에 들어가는 음식이 얼마나 힘들게 얻는 것인지 경험히보는 것두 나쁘지 않을 거 같아서 내가 억지 좀 썼다. 그래서 뭇 본 척, 뭇 들은 척 허구는 호미질만 했단다. 늙은 장모두 밭고랑에 엎드려 있는디, 호미자루 던지구 나갈 수두 읎구 아마 죽을 맛이었을 것이다. 그리두 어깨너머 풍월 읊은 놈이 낫다구 막내아들은 부드럽게 호미질을 허더구나. 농사 모르는 준엽에미두 제법 겅중거리며 호미질허는 걸 보니 지 서방헌티 과외받구 온 모양이여. 그 애가 몸은 깡말랐어두 무슨 일이든 손이 빠르더라. 부부가 옷까지 세트로 입구 와서는 일등 먹을라구 작정헌 모양이여.

지은 농사 거두지 않구 버리면 농사꾼이 아니란다. 먹는 음식 버리는 건 더 큰 죄짓는 일이구. 기왕 시작헌 일이니 추워서 땅 굳기 전에 얼른 캐야지. 더 이상 모른 체헐 수가 읎어서 큰아들부터 호미질허는 방법을 알려줬다. 고구마는 감자 같지 않구 밭두둑 전체에 뿌리를 내리구 있어 두둑 옆구리부터 호미질을 히야 헌단다. 너무 세게 내리쳐두 안 되구, 처음부터 호미 끝을 깊게 박아두 안 된단다. 살살 신줏단지를 파내듯 조심스럽게 흙을 걷어내다 고구마가 보이면 살살 흔들면서 잡아댕겨야 되는겨. 말귀 알아들은 놈은 허는 것두 같은디 밭고랑서 맘이 떠난 놈은 시들시들허더라. 어쨌거나 일 안 허구 고구마를 가져갈 수는 읎는 노릇이니 울며 겨자 먹기라두 일 안 허구는 못 배겼을 것이다.

나중에는 힘들다구 손목을 비트는 놈이 있는가 허면, 공연히 물 마신다구 집 안을 들락거리는 놈두 있더라. 애들은 흙투성이를 히가지구 이리 뛰구 저리 뛰며 소 새끼 풀어 놓은 양 날뛰기만 허지 고구마는커녕 캔 고구마두 밟아서 다시 땅속으로 들어갈 판이더라. 이거 공연헌 짓 허는 것은 아닌가 답답힜지만 캐는 만큼만 먹자 생각허구 또 모른 척힜다.

가랑비에 속옷 젖는다구 그리두 손이 많으니 표시가 나더구나. 저걸 어쩌나 힜는디, 이력이 붙은 것인지 즘심 먹구 나서는 아침보다 호미질 허는 요령들이 많이 늘었더라. 그러게 무엇이든 자꾸 히보면 늘기 마련이란다. 결국 그놈의 고구마 한밭을 다 캐긴 힜구나. 아마 어깨쭉지두 아프구 손바닥에 물집두 잡혔을 것이다. 자동차에 고구마 박스 싣던 큰 사위는 힘들어 아주 설설 기더라. 내일 출근이나 지대로 헐지 걱정이다. 니 동생이 준 한방 파스 꼭 허리에 붙이구 자라구 히라. 고구마까지 캤으니 내년 봄까지는 니들 부려먹을 일 읎을 것이다.

맏며느리는 덕을 타고나야 집안이 번창한다고 한다. 집안이 화목하려면 그만큼 맏이의 역할이 중요하다는 뜻일 것이다. 하지만 덕이라는 것도 여유로울 때 쌓을 수 있는 것이라 생각하면 없는 형편에서 덕을 기대한다는 것은 염치없는 일이다.

엄마는 수업료 한 번 제때 주지 못하면서 한 달 걸러 지내는 제사상은 묘기를 부린 듯 상다리가 부러지도록 차려냈다. 그러고는 시뻘건 눈으로 고깃점을 기다리는 당신 자식들은 외면한 채, 큰일이라도 치러주고 가는 양 당당한 친척들에게는 남은 음식을 바리바리 싸들려 보냈다. 기다리던 음식들이 내 눈앞에서 신문지에 포장될 때마다 나는 엄마가 바보 같고 멍청이 같아 보였다. 무엇이 더 소중한지 모르는, 혹시 노비근성을 타고나 당신의 존재감 같은 것은 없는 것이 아닌가 하여 분노가 일기도 했다.

그건 결코 엄마가 덕을 쌓는 일이 아니었다. 그런 게 덕이라면 엄마는 쓰기 싫은 모자를 벗어 던지듯 팽개쳐버리고는 훨씬 자유롭게 살았어야 했다. 엄마는 덕을 쌓은 것이 아니라 맏며느리로서의 체면과 책임이라는 집안의 굴레를 숙명처럼 받아들이고 살았다. 그것이 불행인지 행복인지 따지기보다는 또 그것이 당신 자신을 위한 일인지 가문을 위한 일인지 생각해볼 겨를도 없이 집안과 우리가 만들어준 관습과 풍습이라는 굴레를 쓰고는 순정하게 살았던 것이다. 그런데 그렇게 살아놓고도 여전히 그놈의 체면과 책임이라는 말을 자주 꺼내는 걸 보면, 혹시 엄마가 덕에 대해 은근히 신경 쓰고 살아온 것은 아닌가 하는 의심이 든다.

3장

에미두 알 만큼은 안다

국회의원

　종민할매가 참깨 팔러 장에 간다구 허길래, 나두 들깨 한 말 머리에 이구 따라나섰다. 돈이 아쉬워 그런 것은 아니구, 장 구경두 헐 겸 니들 주구 남은 들깨 그냥 두면 쥐새끼들 배만 불릴 것 같아서 가지구 갔단다. 종민할매는 집서 놀면 뭐허냐구 이틀 걸러 장에 가는디, 어느 때 보면 먹던 무짠지까지 퍼 가지구 장에 가더라. 그렇게 돈 만들어서 워디다 쓰는지, 신발 한 켤레 지 손으로 사는 걸 못 봤다.

　물려준 것 읎는 아들놈헌티 미안히서 가만히 앉아 밥 읃어먹을 수 읎다구 허긴 허더라만, 그리두 시퍼런 바람 맞으며 씀바귀 캔다구 뚝 방 뒤지구 다니는 걸 보면 마음이 짠허더라. 팔자 편허다는 소리 듣는 것두 그렇구 히서 동무 삼아 같이 장 구경 갔다. 종민할매는 이력이 나서 그런지 참깨를 이구두 까마득히 앞장서 가더라. 물론 나보다 서너 살 적기는 허지만, 부모인 게 죄구 새끼가 무서워 그럴 테지.

　종민할매가 보기는 순허구 아무것두 모르는 거 같은디, 장에 따라 가보니께 영판 딴사람이더라. 글쎄, 이미 자리 잡구 앉아 장사허는 워떤 할매헌티 가더니 다짜고짜 여기가 내 자리라구 우기는겨. 나는 저

할매가 왜 저러나 허구 쳐다만 봤다. 근디, 한참을 옥신각신허더니 끝내 그 자리를 차지허구 앉더라. 내 자리까지 만들어놓구 말여. 사실 장바닥서 니 자리 내 자리가 워디 있겠냐. 먼저 맡는 사람이 임자지. 옆에 앉은 할매들두 종민할매헌티는 꼼짝 못 허더라. 그렇게 안 봤는디 아주 장바닥을 꽉 잡구 있더라. 나야 고맙지만 공연히 다른 할매들 눈치 보느라 눈두 못 돌렸다.

거기두 위세가 있는지 워떤 할매는 종민할매헌티 박카스까지 갖다 바치더라니께. 동네서는 읎이 산다구 기죽어 사는디 장바닥에 나오니께 기가 아주 펄펄 끓더구나. 종민할매가 참께 사라구 소리칠 때는 누구두 끼어들지 못허더라니께. 아주 대장 같더라. 나야 나쁠 거 읎었다. 종민할매 덕분에 박카스까지 은어먹구, 명당자리까지 은었으니 그까짓 들께 한 말 파는 거야 별 문제냐 싶더라. 웬일인지 종민할매 옆에 있으니께 나두 우쭐해지는겨. 사람 그늘이라는 게 그냥 있는 게 아닌 모양이더라. 아, 수양버들 그늘이 십 리 간다구 허지 않더냐. 종민할매가 나는 동무라구 특별허게 생각허니께 땡볕에 앉아 있어두 뜨거운 줄 모르겠더라. 모처럼 장바닥에 앉아 사람 구경두 허구 사는 애기두 듣구 허니께 재밌더구나. 들께야 못 팔면 까짓 거 도로 이구 오면 그만이지. 학자금 대줄 자식이 있는 것두 아니구, 시간 가는 줄 모르겠더라.

그런디 자리 잡은 지 한 두어 시간쯤 지났을 무렵 웬 양복쟁이 서너 명이 저쪽서 시장 안으로 걸어오더라. 어깨에 허연 띠를 두른 걸 보니

선거운동 허는 사람들 같더구나. 니얼모리가 국회의원 선거날이잖니. 반장헌티 투표용지 받기는 힜는디 누가 누군지 알 수 있어야지. 어깨에 완장 안 찼으면 그 사람들이 뭐허는 사람들인지 누가 알겄냐. 우리 같은 할매들이야 동네 반장이 더 반갑지, 국회의원이면 뭐허구 대통령이면 뭐허겄냐. 그리두 숨 넘어가면 달려와서 술 주전자 들구 다닐 위인은 반장이구 이장이지 그 인사들은 아닐 것이다.

전 같으면 경로당서 잔치 해주구 선물 돌리구 히서 박수두 치구 힜는디, 요즘은 국수 한 그릇 안 사주니 누가 반가워 아는 체를 허겄냐. 오면 오나 부다, 가면 가나 부다 땡볕에 눈만 찡그리구 앉아 있었단다. 시장 초입서부터 악수허자구 할매들헌티 손을 차례로 내미는디 덥석 손잡으려 허는 할매들이 읎더라. 물건 팔어주러 나온 것이 아니니 별관심 읎는 게 당연허지. 헌디, 참 웃기더라. 종민할매 말여. 다른 할매들은 그냥 손을 잡는 둥 마는 둥 잡은 손 뿌리치지 못헌 거 뿐인디, 종민할매는 그 사람들이 가까이 다가오니게 벌떡 일어나더라. 죽은 아들이 살아 돌아온 거마냥 두 팔을 벌리더니 이게 웬 고생이냐구 꼭 일등 먹으라구, 갑자기 호들갑을 떨기 시작허는겨. 난 민망스러워서 가만히 있었다. 저 할매 속에 도대체 뭐가 들어 있나 힜지. 그렇게 한참을 손잡구 수선 떨더니, 종민할매가 그중 가장 번지르르허게 생긴 사람헌티 이러는겨.

"이 할매들 내 말 한마디면 모두 오케유! 그러니게 여기 할매들 물건 좀 팔아주구 가유."

종민할매가 아주 똑 부러지게 말허더라. 그 사람들이 뭐가 아쉽다구 장바닥서 파는 푸성귀 사겠냐. 그런디두 종민할매 잡은 손 안 놓구 끝까지 얘기허더라.

"여기서 장사허는 할매가 모두 서른 명은 되유. 자구로 노인을 잘 받들어야 성공허는규."

종민할매 말이 난감헌지 뒤따르던 비서인지 조수인지 허는 두 남자가 속닥거리더니 나머지 사람들헌티 또 뭐라구 귓속말을 허는겨. 시상에! 종민할매 눈 하나 까닥 안 허구 그 자리서 그 할매들 물건까지 다 팔아줬다니께. 그래봤자 이십만 원두 안 되겠지만 하루 쬉일 앉아 있어두 안 팔릴 물건을 말 한마디루 모두 해결혔으니 얼마나 대단허냐. 나두 이만 원 받구 들께 한 말을 가뿐히 넘겼다. 시장 할매들이 왜 종민할매헌티 그토록 쩔쩔매는지 이제야 알겠더라. 알구 보니 종민할매가 보통 할매가 아녀. 보기는 어수룩허게 생기구 말두 어눌허게 허는거 같어두 시상 이치를 손바닥 보듯 허더라. 그리 영민헌디 워쩌 그리박복헌지, 서른 살에 청상되어 이제까지 아들 눈치 보구 사는 걸 보면참 안됐다.

허긴, 그만허니께 그 집구석이 지금까지 버텼지, 개차반 같은 아들놈헌티 기둥뿌리 뽑히지 않은 것만두 다행이여.

오늘은 종민할매 덕분에 시장 할매들 일찌감치 장 파허구 날라서들 집으로 갔단다. 생각지두 않은 횡재에 다들 신이 난 모양이더라. 종민 할매 나더러 자리 맡아놓구 지다릴 테니 매일 나오라는겨. 나두 심심히서 그냥 따라다닐까 싶은디, 니 오래비 눈치 봬서 나가지 뭇허겄다. 그러다 공연히 몸이라두 아프면 누가 장사허라구 시켰느냐구 지랄 떨까 봐, 복이라 생각허구 집에 있어야지.

모처럼 장 바람두 쐬구 기분이 좋아서 내가 종민할매 순댓국 한 그릇 사줬다. 싫다구 난리를 치는 거 억지루 끌구 갔더니 아침을 굶구 나왔는지 나는 몇 숟가락 뜨지두 않었는디, 그 뜨거운 걸 게눈 감추듯 비우더라. 그러구 보면 시상 혼자 사는 게 아니더라. 그 잘난 놈들두 우리 같은 할매들이 필요허다구 장바닥에 와서 손 잡아주구 푸성귀 사주는 걸 보면 말여. 혼자 잘나두 살 수 웂구, 뭇났다구 기죽을 필요두 웂어.

품앗이

　요즘 같아선 묏자리 봐놓은 산송장 손이라두 끌어다 쓰구 싶다. 도대체 사람이 있어야 농사를 짓지. 품앗이 안 다니면 내 농사는 포기히야 헌다니께. 지 집 일 안 히주면 하루 십만 원을 준다구 히두 일헐 사람이 읎어. 헐 수 읎이 나두 순임이네로 품앗이 갔다. 우리 논 니얼모리 모심기로 날을 잡었으니 그 집 일 안 헐 재간이 있었냐.

　새벽 네 시에 일어나 모를 찌러 나갔더니 그새 나보다 먼저들 나왔더라. 성식이할매, 연우할매, 종례할매 할 것 읎이 논두렁에 주욱들 앉아서 모닝 크피라나 뭐라나 한잔씩들 마시구 있더구나. 요즘은 시골할매들조차 뭔 세련들인지 크피를 안 마시면 워째 소화가 안 되는 거 같다. 종아리에 흙은 잔뜩 묻히구 앉아서 무슨 낭만들이 뻗쳤는지, 종례할매는 아주 물 마시듯 헌다니께. 헐떡거리며 달려갔으니 앉을 수두 읎구 히서 논으루 먼저 들어갔더니 종례할아배가 논까지 쫓아 들어오며 크피를 마시라는겨. 본래 크피 안 먹는 거 알면서 날 놀리려구 일부러 그러는 것이지. 논두렁에 종례할매가 가재미눈을 뜨구 쳐다보는디 말여. 밤에 잠 안와서 싫다구 몇 번을 거절혔는디 그 영감탱이 내가 만만

허물어져가는 담장에 걸린 호미들. 가운데 세 개는 엄마가 쓰는 것이고, 나머지는 우리들이 가끔 사용한다.

헌지 끝까지 멕이려 들더라. 싫다구 논바닥으로 엎드리면 부득부득 일으켜 세워서 코앞에 크피 잔을 갖다 대니 남의 영감 떠다밀 수두 읎구 징그러워 죽을 뻔했다. 그 바람에 논바닥서 한바탕들 웃구 난리가 났잖어. 저것들이 나 혼자 산다구 깐봐서 그런 것은 아닌가 허는 생각이 들어서 냅다 소리 질렀다.

"해는 붙들어 맸남, 일허러 왔으면 어서들 들어오지 빈속에 무슨 크피들이여!"

종례할아배 그제야 머쓱히서 물러나더라. 젊어서부터 바깥으로 돌며 어지간히 속 쎅이더니 아직두 그 버릇 고치지 못헌 거 같더라. 내가 아마 육십만 먹었어두 종례할매 논바닥으로 뛰어 들어와 지 영감 모가지 따러 덤볐을 것이다. 내 승질 모르는 바 아니구 저보다 훨씬 위니까 지 영감 허는 꼴만 보구 있었겠지. 거기서 나만 과수댁인 것두 아닌디, 오늘은 죙일 기분이 좋지 않더라. 종례할아배 장난 때문이 아니라 전에는 니 아배랑 나란히 붙어서 품앗이 다니구 힜는디, 허리 필 적마다 아무리 논바닥 둘러봐두 니 아배 모습이 읎는겨. 모를 심어두 내 손 쉬게 허려구 꼭 옆에 서 있었는디 말이다. 해가 저무니께 그 생각이 더 간절히서 혼났다. 허리는 굳었지 손가락은 쑤시지 그 큰 논바닥에 나 혼자 서 있는 것처럼 맘이 휑허더라.

혼자 산다는 건 몸이 고달픈 게 아니라 맘이 고달픈겨. 지친 몸은 아랫목에 뉘면 그만이지만 쓸쓸한 맘은 오뉴월이두 동짓달이란다. 일 끝

내구 허적허적 잿말 너머 집으로 오는디 육시랄 소쩍새는 왜 그리 징
그럽게 우는지, 품앗이구 나발이구 니 아배 있는 디 가서 편히 쉬구만
싶더라.

안면도 꽃 박람회

혼자 가기 싫어서 거절했더니 부녀회장이 연거푸 즌화히서 같이 가자는겨. 안면도 꽃 박람회 구경가는디 자리가 비었으니 아무것두 준비허지 말구 몸만 오라구. 동네서 너무 뻣뻣허게 놀 수두 읎구 히서 못 이기는 척 따라나섰다. 아무리 몸만 오라구 힜어두 그렇지 내 자존심에 두 팔만 내젓구 갈 수 있냐. 봉투에 오만 원 준비힜다가 회관 앞에 사람들 모여 있을 때 부녀회장헌티 건네줬다. 부녀회장 츰이는 그러지 말라구 극구 사양허더니 사람들 눈치 한번 둘러보구는 이내 가방 속에 집어넣더라. 돈 싫어허는 사람 있겄냐. 부녀회장두 말은 인심 좋게 허지만 속내가 얼마나 깐깐헌지 삼동네가 다 아는 사실이여. 부녀회장 자리가 무슨 큰 벼슬이라구 공금 축내게 히서 곤란허게 만들겄냐. 공짜두 한두 번이지 영미할매처럼 가자구 헌다구 매번 그냥 따라다니면 꼭 눈치 주는 놈이 있기 마련이란다.

아무튼 내가 내미는 봉투 보구 다들 한마디씩 허더라. 환용오매 자존심은 알아줘야 헌다구. 그 덕분인지 총무 맡아보는 이장집 며느리가 내 멀미 걱정을 다 히주며 운전석 뒷자리를 성큼 내주더라. 시방은 늙은이들두 돈 읎으면 사람행세 허기 힘들다니께. 사람이 대접받는 것이 아니라 돈이 대접받는 시상이라 그말이여.

여덟시 반에 대절한 뽀스가 아홉시 반이 넘어서 출발혔다. 주책읎는 할매들 때문이여. 운전사가 출발합니다 소리만 허면 내둥 가만 있다가 차례로 "잠깐만유! 오줌 눠유!" 허면서 줄줄이 내려 뽀스 밑으로 기어 들어갔다 나오니 운전산들 위치기 허겄냐. 저승길이 코앞인 할매들을 나무랄 수두 읎구, 그 운전사 양반 오늘 아주 욕봤다. 또 뭘 그렇게 많이 준비힜는지 대절한 뽀스 밑구멍이 빠지도록 짐을 싣는 바람에 출발이 더 늦어졌단다.

전에두 말힜지만 노인네들이야 그저 먹구 노는 재미루 놀이 가는 것이지 뭔 구경인들 신기허구 재미있겄냐. 오십 키로 나가는 개두 잡구 보쌈에 과일에 떡에 막걸리·소주·맥주 등 박스가 웬만히 사는 집 이삿짐보다 많더라. 부녀회서 어련히 알아 준비힜겄지만 굼뜬 노인네들 많이 먹어야 싸러 다니기만 힘들지 하루 잘 먹는다구 육간 집 여편네 허벅지처럼 탱탱히지겄냐. 나야 차만 타면 신물 올라오구 머리서 즌기 돌아가는 소리가 나니 뭔들 지대루 먹을 수 있겄냐. 안면도 도착허도록 소박맞은 여편네 꼴이었다. 다른 사람들은 어찌나 난리를 치구 노는지 무르팍 아퍼서 잠 못 잔다는 것두 다들 그짓말이여. 남의 영감 얼싸안구 춤을 추지 않나, 남의 할망구 볼에다 입을 갖다 대질 않나, 소주에 맥주, 막걸리를 짬뽕으로 먹었으니 뽀스가 온전허겄냐. 웬걸 바짝 꼬부라진 영식할매까지 가만있지 뭇허구 몽댕이 춤을 추는 바람에 저 할매 저러다 벌떡 일어나는 거 아니냐구 배꼽 잡구 웃었다. 넘들은 그렇게 잘 먹구 잘 노는디 나만 시절인가 싶어 속이 상허더라. 속 모르는 사람들은 저 할매 혼자만 즘잖은 척 헌다구 욕할까 봐 박수두 치구 억지웃음두 웃어줬다.

그게 다 차 구경헌지 얼마 되지 않아서 그려. 어렸을 적엔 구루마 구경만 헀구, 커서는 산골로 시집을 왔으니 언제 차를 타 봤겠냐. 그저 먹으면 산으로 들로 일이나 허러 다녔으니…… 새끼들 객지로 보냈어두니 아배 혼자 다녔지 나야 워디 읍내 차부 구경이나 지대로 헌 줄 아냐. 나랑 비슷한 사람들두 더러 있기는 허겠지만, 모진 시집살이 허느라 소금물을 소화제 먹듯 한 사람들은 다른겨. 다 지난 애기 새삼스레 헐 필요는 읎지만 병이란 것이 하루아침에 생기는 것은 아니다……. 가랑비에 속옷 젖듯이 자꾸 쌓이다 보면 배앓이가 암이 되는 것이지, 츰부터 코피 쏟으며 뒤로 넘어가는 사람이 워디 있겠냐.

그나저나 하이구!…… 증말 꽃 많더라. 내 평생 그렇게 많은 꽃은 츰 봤다. 생전 보두 뭇헌 꽃들이 그 넓은 마당에 끝두 읎이 쌓여 있더라. 꽃 뿐만이여, 내 또 그렇게 많은 사람들두 츰 봤다. 국회의원 연설 마당이나 약장사 떠드는 시장판허구는 비교두 안 될 정도루 숱허게 많더라. 아마 전국서 다 모여든 모양이여. 젊은 것들은 지들이 꽃인디 뭔 꽃 구경을 헌다구 그리 떼로 몰려왔는지, 니얼모리 죽을 노인들이나 소싯

적 생각허며 구경허게 양보 좀 헐 것이지 사람 치여서 워디 걸을 수나 있겄디. 그렇잖아두 다리 떠는 노인네들 금줄 안으로 들어오면 큰일 난다구 엄포 놓은 바람에 두 줄로 빠듯허게 걷자니 나중에는 현기증이 다 나더라. 애초부터 길 잃어버린다구 앞자락이다 광명노인핵교라구 쓴 붉은 명찰을 하나씩 달어주긴 힜지만 여차히서 옆 사람 손이라두 놓치는 날이면 낙동강 오리알 되겄더라. 종명할매는 반장이 얼마나 호통을 쳐놨는지 내 손바닥 아주 불어 터지는 줄 알았다. 츰엔 나두 어벙벙히서 종명할매 손 놓칠까 봐 꽂이구 뭐구 손잡구 줄 따라가기 바빴는디 아, 나중에는 그 할매 기운 읎다구 쭉 뻗는 바람에 웬걸 혹 하나 달구 다니느라 죽을 똥 쌌다.

하여튼 다 보지두 못했다는디 서너 시간은 족히 걸렸으니 세세히 다 보려면 날 저물겄더구나. 개 잡어온 거 먹구 가야지 도로 갖구 갈 수는 읎잖어. 남자들은 아마 츰부터 그 생각밖에 읎었을겨. 그 나이에 뭔 꽃 구경이 허구 싶겄냐. 실팍한 처녀들 구경이라면 물러두…….

나두 돌아올 때는 개장국을 먹어서 그런지 멀미가 들 나더라, 속이 비면 더 울렁거린다구 자꾸 권허는 바람에 많이 먹었다. 부녀회장이 음식 솜씨는 괜찮은가벼. 생전 누린 것이라곤 입에 대지두 못 헌다는 종명할매까지 허벌나게 한 그릇 비운 걸 보면 그 여편네가 요리사 자격증 땄다는 거 그짓말은 아닌 모양이여. 시상에 그 큰 농사채 거느리면서 언제 또 요리를 배웠는지, 좌우지간 우식이가 마누라 하나는 잘

은었다니께. 다리 시원찮은 놈헌티 누가 시집오나 지 오매 어지간히 걱정허더니, 우식이 장가들구 그 집구석 더 부자된 걸 보면 복뎅이가 굴러들어온겨. 등치 푸짐허지, 화통허니 동네 일 잘 보지, 버릴 디가 하나두 읎어.

한마디루 부녀회장 개장국이 히트쳤다니께. 우거지허구 들깻잎, 들깨가루, 붉은 고추 말구두 츰보는 푸성귀를 잔뜩 넣었더라. 고기두 워치기나 쫀득거리는지 쇠고기보다 더 맛있더라. 한 삼 일은 굶어두 거뜬할 만큼 든든허게 먹었다. 몸이 그동안 어지간히 고기가 먹구 싶었던 모양이여.

집에 돌아올 때는 갈 때허구 달리 다들 곯아떨어졌단다. 배부르지 피곤허지 뭔 기운이 있어 또 떠들것냐. 졸음 쫓느라 운전사 혼자 떠들더라. 지 혼자 이리저리 고개 흔들어가며 목청을 뽑는디 아따 목소리가 장마 통에 뚝 터진 것 같더라니께. 부녀회장이 잘 챙겨멕이기두 힜지만 싫은 내색 한번 안 허구 우리헌티 워치기나 친절헌지, 종명할매는 시엉아들 삼었으면 좋겄다구 그러더라니께. 원체 듬직허구 인정이 많어서 아들 읎는 할매라면 그런 생각두 품겄더라.

마을회관 앞이다 우덜을 부려놓을 때두 다른 운전사 같으면 꽁지에 불단 놈마냥 사람 내리기두 전에 내뺐을 텐디 그 운전사는 안 그러더라. 문 앞에 지켜 서서는 다리 떠는 노인네들 일일이 손잡어주지 짐 보따리 받어주지 지 이뻐한 할망구들헌티는 손등에다 뽀뽀까지 히주더라니께. 그 양반 가니께 꼭 아들 보낸 것마냥 서운허더라. 나두 그렇지만 거기 모인 노인네들 심정두 다 그럴겨. 누가 뭐라구 눈치주는 것두 아닌디 나이 먹은 게 죄라구, 젊은 사람들이 냉랭허게 대허면 당장이라두 땅 파구 들어가 눕구 싶단다. 젊은 사람들 눈에는 저승길이 코앞인 노인네들이 뭔 구경을 헌다구 굴비 꿰찬 모양을 해갖구 다니는지 모른다구 헐 테지만, 그건 아니다. 지들은 늙지 않는다니, 얼마 살지 모르니께 더 좋은 거 보구 맛있는 거 먹구 히야지. 아무리 나이가 많어두 더 살구 싶지 죽구 싶은 사람은 읎단다. 그러니께 너두 니 시오매헌티 잘히라. 늙었다구 뭐라 허지 말구, 무식허다구 눈치 주지 말어. 아무리 닦어두 늙으면 냄새나구, 말 바꾸기 무섭게 헌 말 잊어버리는 게 늙은이 기억이니 다 이해히라. 본래부터 무식허구 드러운 게 아니라 늙어서 그렇단다. 애야, 피곤허긴 허지만 오늘 아주 잘 놀았다. 니들두 시간 나면 꽃구경 한번 댕겨오너라.

만병통치 약

종말오매가 새벽같이 즌화히서 읍내 가자구 허더라. 그 오매두 나처럼 재작년에 영감 보내구 혼자 사는디, 전 같지 않구 날 별다르게 생각헌다니께. 과부 속 과부가 안다구 영감 살아생전엔 날 우습게 보더니 영감 심장병으로 죽구 나서는 길거리나 노인정서 만나면 내 손을 꼭 잡으며 안부를 묻더라. 그 집두 새끼 넷 모두 대처에 나가 사니께 나처럼 혼자서 빈집 지키구 살 수밖에 읎지. 엊그제 혼인집서 만났는디 절대루 아들 따라가 살지 말라구 신신당부허는 게 워째 며느리허구 사이가 좋지 않은 모양이여. 같이 쿵덕거릴 수두 읎구 히서 얼른 말 돌렸다. 내가 그 오매 심정 이해 뭇허는 것은 아닌디, 공연히 아들 며느리 애기 꺼내구 싶지 않았다. 시상에 효자 아들 며느리가 얼마나 많겄냐. 다 게서 게지. 환용오매는 원체 자식들을 잘 둬서 속 썩을 일이 읎을 것이라구 종말오매 은근허게 빈정거리는디 내 속으루 코웃음 쳤다. 큰 속이야 썩은 일 읎지만 자식이 워찌 부모 맴 다 알 것이구, 부모가 워찌 지 속으로 난 새끼 맴을 다 이해허겄냐, 다 그냥 그냥 사는 것이지.

그날 혼인집서 나와 종말오매랑 구 시장서 열리는 공연을 보러 갔다.

엄마가 논과 밭 다음으로 좋아하는 것은 텔레비전 리모컨, 핸드폰, 전화기다.

그 오매는 벌써 여러 차례 구경허구 선물 받어왔다구 자꾸만 가자는 겨. 뭐 헐 일두 읎구 쫄레쫄레 따라갔더니 전에 우시장이었던 곳에 큰 포장을 쳐놓구 공연을 허더라. 말로는 워떤 워떤 카수들이 나오구 코메디언들이 나온다구 해쌓더니만, 보니게 영판 모르는 얼굴들이여. 그것들이 아주 촌사람들이라구 깐본 모양이더라. 종말오매가 사회 보는 중늙은이헌티 워째서 담벼락에 붙은 사람은 안 나오냐구 물으니게, 그 카수가 갑자기 병이 나서 다음 공연으로 미뤘다는겨. 누가 그 소릴 믿겠냐. 허긴 거기 모인 늙은이들이 그깟 노래 듣자구 그 추운날 거기 모여들었겄냐. 선물에 혹히서 모였겄지. 공연 끝나구 보니게 요실금에 좋구 신경통에 좋다는 약이라구 젊은놈들 몇이 돌아다니며 막 사라구 허더라. 더러는 그 말에 속어서 사는 늙은이들두 있구, 바가지나 가루비누 같은 선물만 챙기는 사람두 있구 그렇더라. 종말오매두 그 약이 사구 싶은지 자꾸만 가격을 물어보길래 내가 슬며시 잡아끌었다. 우리 막내아들이 큰 제약회사 과장인디 그런 디서 파는 약들은 모두 가짜니게 사지 말라구 허더라 허니게 깜짝 놀라는겨. 하마터면 큰일 날 뻔 했다구, 워쩐지 환용오매가 쌀쌀허게 나가더라면서 날 부러운 눈으루 쳐다보더라. 나야 워디 약 아쉽게 사냐. 막내가 쪼끔만 아프다구 허면 약을 보따리루 보내는디.

그놈이 츰에 약장사 허러 다닌다구 헐 때는 내 챙피히서 넘들헌티 말두 뭇 꺼냈다. 사 년제 죽게 갈쳐서 약장사 헌다구 허면 넘들이 뭐라구 허겄어. 그런디 지금 보니께 읍내서 약장사 허는 인사들허구는 근본이 다르더구나. 아, 우리 막내아들은 넥타이 멀끔허게 메구 큰 병원으루만 다니며 영업을 허니 그게 워디 보통 약장사허구 같겄냐. 게다가 갸는 과장 아녀. 인물 훤칠허지, 말 잘허지, 모르긴 물러두 워딜 가나 환영받구 다닐 것이다. 내 새끼라구 자랑허는 것이 아니라 우리 아들 셋 워디 갖다놔두 안 빠진다.

사실 춥다는 핑계 대구 먼저 오긴 힜지만 약장사 구경 자꾸 허다 보면 사구 싶은 것이 사람 맴이잖니. 다른 것은 모두 가짜 같은디 관절염에 특효라는 약은 진짜 같더라. 너헌티만 말허지만 기천오매는 그 약 한 달 먹구 펄펄난댜. 모 심을 때만 히두 다리 하나를 질질 끌구 다니더니 엊그제 장이서 보니 증말 멀쩡허더라니께. 막내헌티 얘기허면 펄펄 뛸까 봐 얘기 안 힜는디, 설마 먹는 약을 속이기야 허겄냐.

그 약이 제일 많이 나가는 걸 보면 효과가 있는 것이 틀림읎는 것 같더라. 가격이 원체 비싸서 엄두를 못 내지……. 십만 원 안팎만 힜어두 내 벌써 샀을 것이다. 아마 종말오매는 오늘 틀림읎이 사 갖구 갔을겨. 나두 막내 몰래 하나 사먹을 생각이다. 밑지면 말구…….

나 돈 있으니 넌 걱정 말어. 막내헌티는 절대루 얘기허지 말구. 즈이 회사 약 아니면 다 가짜라구 못 사게 허니 대놓구 살 수가 있어야지. 약효만 있다면야 까짓 거 개똥으로 만들었으면 워떠냐, 약방서 반지르르한 약 사 먹는 것보다 훨씬 나은 거 같다구들 허더구먼.

약장사들이 시골 노인네들 쎅여먹는다구 뉴스서두 나오긴 허더면, 설마 다 그런 것은 아니겠지. 그 약 먹구 나섰다는 사람들이 얼마나 많은디, 다 그짓말이겠냐. 종말오매 약 먹으니께 두구보면 알겄지. 그나 저나 막내는 회사 잘 다니는지 모르겄다. 요샌 즌화가 뜸허더라…….

불쌍한 영식오매

오늘은 뒷말 사는 영식오매 초상집에 갔었다.

너두 알지? 니 막내동생허구 같이 핵교 다녔던 영식이 말여. 그 오매가 자궁암으로 죽었단다. 살라구 그리 악착을 떨더니 그렇게 힘읎이 갈 줄 누가 알았냐. 작년에두 한번 서방허구 싸운 뒤 제초제 먹구 죽네 사네 허다가 깨났는디, 기어이 일을 당허구 말었구나. 하느님이 데려갈 사람은 워치기 히서라두 데려가는 모양이다. 읍내 성모병원서 암 선고 받구 석 달두 뭇 살구 죽었으니 말이다.

초상날 눈 검댕이 치면 저승사자두 내뺀다더니, 내둥 괜찮던 날씨가 오늘은 어찌나 사납던지 재빼기 넘어가는디 눈물이 다 쏙 빠졌다. 아마 그 여편네 천당 가기 싫어서 심술이 난 모양이여. 왜 안 그렇겄냐, 생 때같은 자식 셋이나 남기구 죽자니 억울헐 만두 허지. 나 같아두 염라대왕 수염 붙잡구 늘어졌을 것이다.

전에는 뒷말 영식이네 허면 논 섬지기나 짓는 큰 부자로 생각힜단다. 그런디 오늘 가보니께 가세가 많이 기울었더라. 영식이가 카센탄가 뭣인가 헌다구 논 서너 마지기 날린 것은 이유두 아녀. 정작 집안 말아

먹은 놈들은 영식이 큰형허구 영식아배더라. 두 부자가 농사짓기 싫다
구 읍내다 으리으리한 갈비집을 떡허니 내더니 일 년두 뭇 버티구 말
아먹었댜.

그러니 영식오매가 병 안 나면 이상허지. 쪽 빼입구선 예배당서만 사
는 영식할매는 또 며느리 교양 읎다구 그렇게 구박을 혔다는구나. 읍
내서 고등핵교까지 나왔으면 배울 만큼 배웠지, 지는 소핵교두 뭇 나
온 주제에 워찌 그런 구박을 혔는지 모르겄다. 허긴, 노인대학을 시 번
이나 댕겼으니 며느리보단 높이 나왔구나.

지 에미 그렇게 죽었는디두 아들 세 놈이 뻣뻣이 서서 울지두 않더
라. 영식아배는 말할 것두 읎구! …… 동네 초상이니 다들 모이긴 혔지
만 그 꼴 보구 욕허지 않는 사람들이 읎더라. 영식할매두 목사허구 열
심히 기도허구 찬송은 허더라만 워째 내 눈에는 그것이 진실해 보이지
않더구나. 자기는 철철이 옷을 해 입구 핑일마다 교회 다니면서 영식오
매헌티는 그 흔해빠진 썬크림 하나 사주지 않은 모양이여. 장날 뽀스
타려구 안말까지 걸어 나온 영식오매 얼굴 보니게 마당에 들깨 털어놓
은 양 온통 기미 천지더라. 아무리 서방 복 읎구 자식 복 읎다 히두 그
렇지 시에미 복까지 읎어. 그리 박복허게 살다 죽은 사람두 드물 것이
다. 오히려 동네 부녀회 여편네들이 불쌍허다면서 통곡을 혔단다. 인생
참 짧은 것인디, 남의 자식 데려다 뭐 그리 구박혔을까 싶더라. 나 역시
니 올케들헌티 썩 잘허는 편은 아니지?

상여 나가는 거 보구 나서, 매운 육개장 한 그릇 먹구 일어섰다. 아무리 날이 추워두 그렇지 노인네 입천장이 홀랑 벗겨지도록 고춧가루를 퍼 넣다니, 하두 매워서 잿마루 넘어오다가 눈을 다 집어먹었다. 이젠 추운 것두 매운 것두 참을 수가 읎구나. 늙으면 엄살만 는다더니 내가 그 모양이다.

짠순이 할매

　오늘은 장 구경을 허느라 읍내서 늦게 돌아왔다.

　마을회관까지 들어오는 뽀스 타구 읍내 갔을 때가 한 열 시 반쯤 됐으니께, 무려 일곱 시간을 장바닥서 논 셈이구나. 크게 살 것이 있어서 장에 갔던 것은 아니구, 재 무덤 근처서 딴 애호박 세 개허구 동부 콩 두 되 가지구 나갔다. 물론 너희들 줄 것은 따로 두었다. 맨손으로 휘적휘적 장에 가는 것이 워쩨 좀 그래서 들구 나갔던 것이지 돈이 궁히서 그런 것은 아니다.

　때마침 종두할매두 대파 두 단허구 땅콩 한 말을 머리에 이구 나왔더구나. 나보다 세 살이나 아래인디 허리가 바싹 꼬부라져 당최 보기 흉허더라. 인정상 그냥 두구볼 수는 읎구, 그놈의 할망구 짐까지 들구 가느라 욕봤다.

　고마웠는지 종두할매가 쭈쭈바라나 뭐라나 허는 거 하나 사줘서 먹었는디, 웬걸 먹구 났더니 입술이 쥐 잡아 먹은 듯 시뻘개서 약국 변소에 들어가 입 닦느라구 한참 고생혔다. 망할 놈의 할망구, 사주려거든 박카스나 한 병 사줄 것이지, 좌우지간 지독허기로는 그 할매 당할 사람 읎을 것읎닀. 맹날 묌 귞렇게 팔러 나였는지, 몚륎 묌러두 귞러닀 집안에 있는 곡식읎 죄닀 바닥날 것읎닀. 손죌 하나 달랑 데늬구 삎멎서 묎슌 생활비가 든닀구 지독을 떚는지 몚륎겠닀. 쀑학교 1학년읎나 되는디 종두 킀 좀 뎐띌, 우늬 손죌 허늬두 닿지 않을겚. 생각허멎 귞 애두 찞 불쌍허지. 성깔 있는 놈 같었윌멎 진작 지 할맀 버렞을지두 묌러. 생각히뎐띌, 누가 지 에믞 아배 못 삎게 갈띌놓은 할맀륌 곱게 볎겠냐. 귞러구 볎멎 종두가 순헌 지 아배륌 빌닀 박은 것 같더띌.

동부허구 애혞박은 ꞈ은방 허는 여펞낎가 시였맀 생음 밄 핎쀀닀구 ꞈ방 사가는 바람에 장티에 였래 서 있지 않었닀. 니가 당부 안 히두 핎가 뜚거워 장티에 였래 서 있지 못헌닀. 읍낎만 히두 우늬 동낎허구 공êž°ê°€ 달띌서 쪠끔만 서 있얎두 가슎읎 답답허구 뚞늬가 묎거워. 시장판에 사는 여펞낎듀허구 나는 전혀 닀륎지. 나알 심심풀읎로 가끔 시장에 나가지만 귞 여펞낎듀읎알 귞알말로 장돌뱅읎 아니냐. 억섞êž°로 말허멎 황솔 밭의 억새나 닀륄읎지. 귞 추욎 엄동에두 땅바닥에 깔 판 하나 읎읎 왞종음 쪌귞늬구 앉아 푾성귀륌 판닀. 게닀 대멎 나는 고묎신 뜀앟게 닊아 신구 나옚 양반집 규수나 닀륄읎닀. 귞러니 낎 걱정허지 말얎띌.

나는 읎제 죜얎두 아묎 걱정읎 읎닀. 니듀 닀 잘 삎구 ê·Œê°• í—Œ디 묎슚 걱정읎 있겠냐. 놀읎 삌아 장 구겜읎나 슬슬 닀니는 것읎 낫읎지. 였늘두 동부허구 애혞박 판 돈 칠천였백 원윌로 나 좋아허는 간고등얎두 마리나 사왔다. 전 같으면 두어 번 집었다가 도로 놓았거나 한 마리만 샀을 텐디, 생각 읎이 한 손을 번쩍 산 걸 보면 나두 배짱 많이 좋아졌지 싶다.

시상이 아무리 변혔다고는 허지만 워디 종두할매 같은 사람이 읎어지겠냐. 그 할매 오늘두 마대자루 하나만 달랑 들구 허적허적 장이서 걸어 나오더라. 장이 갈 때는 머리 밑이 빠져라 이구 지구 가면서 올 때는 늘 빈손이니 종두가 얼마나 서운허겠냐. 맘 같어선 저녁에 쪄 먹으라구 고등어 한 마리 빼주구 싶더라만 장에 갈 때마다 그럴까 싶어서 그만두었다. 그러길 잘혔지, 오다가 뚝방 밑서 오줌 누는 그 할망구 속고쟁이 보니께 아주 두툼허더라. 아마 그놈의 집구석 어딘가에 삼 년 묵은 벼 씨며 돈다발이 썩구 있을 것이다.

도로 포장

읍에서 우리 마당까지 콘크리트를 깔아줬다. 진작부터 깔아준다구 말히놓구는 지금까지 미루길래 며칠 전에 쫓아가서 한마디 힜더니 새벽부터 나와서 공사를 힜단다. 그것두 산모퉁이까지만 히준다는 걸 우리 마당까지 히달라구 끝까지 억지를 부렸다. 억지 부릴만 헌 것이 우리 마당으로 길이 나 있는디 빼놓구 헌다는 것이 말이 되냐. 그럴 거 같으면 나두 길 막아야 옳지. 요즘 시상에 도로 포장 안된 곳이 워디 있다구, 새마을운동인가 뭔가 헐 때 지붕 고치구 난 이후 쯤이다.

우리 동네는 반장허구 이장이 똑똑치 뭇히서 그런가 뭔든지 다른 동네보다 늦구나. 니 외갓집 동네는 바로 옆인디 별별 보조금을 다 은어서 잘 쓰더라. 그 동네 도로는 이십 년 전에 모두 닦었단다.

니 아배 살어서두 신발 닳게 읍사무소 쫓아 다녔는디 이제야 길 닦었다. 자동차 안 댕길 때는 까짓 거 콘크리트 깔어두 그만 안 깔어두 그만이었는디, 니들이 하나 둘 자동차를 사면서부터는 길이 좋지 않어 다닐 수가 읎잖어. 그놈의 제방 길이 비만 오면 툭허구 무너지니 말여.

한번은 니 오래비가 자동차 샀다구 좋아서 밤에 운전허구 오다가 그만 진창에 빠져 밤새 고생을 했단다. 칠흑 같은 밤에 불이 있나 사람이 있나 워치기 히야 헐지를 모르겠더라. 니 오래비는 급허니께 차 세워놓구 집으로 달려왔는디, 무슨 방법이 있어야지. 니 아배랑 셋이서 아무리 차를 밀어두 꿈쩍 안 허는겨. 밤새 차랑 씨름허다가 결국은 경운기 있는 집으루 쫓아가서 도와 달라구 했다.

그때는 자갈조차 깔지 않어서 차 한번 빠지면 큰 고생이었단다. 시멘트 몇 포대 갖다 깔기만 허면 되는디 왜 그리 속 끓게 허는지. 내가 담당자 만나서 따지니께 별다른 이유두 읎어. 무조건 담에 히주겠다는겨. 그날은 내가 하두 속이 상히서 이 도둑놈들 장부책 가져와 봐 허구 소리쳤다. 글두 지대루 못 읽는 할매가 배짱두 좋지, 진짜 장부책 가져왔으면 워쩔 뻔했냐. 무식한 할매가 떠들어대니께 뒷자리에 앉아 있던 높은 사람이 내게 오더니 자초지종을 묻더구나. 그리서 또 한마디 했다.

"내가 당신들 청와대에 고발할겨!"

그랬더니 날더러 안쪽으로 들어오라구 허더라. 그깃말히서 공연히 잡혀가는 것은 아닌가 은근히 걱정했는디, 그 사람 웃으면서 도와드릴 테니 걱정 말라며 크피까지 내오더라. 같이 갔던 반장두 츰이는 말리더니 그제야 안심이 되는지 빙긋이 웃으면서 예산이 잡혀 있는 걸로 아는디, 왜 포장이 안 되는지 묻더구나. 그제서야 무슨 행정 착오가 있었다구, 정부가 바뀌는 바람에 직원들이 발령이 나서 그러니 쪼끔만 지다려 달라구 공손허게 말허더구나. 반장이 아주머니 참 대단

내와 들로 이어지는 길을 따라 한 시간여 걷다 보면 산모퉁이
돌아 엄마가 기다린다.

허다구 떠들더라만 그게 워디 내가 대단히서 그렸겄냐, 그놈들이 워디가 구려서 그렸을 테지.

아무튼 그 길 때문에 우리 새끼들 고생허구 다닌 걸 생각허면 지금두 울화통이 터진다. 반질반질헌 아스팔트두 아니구 시멘트 몇 푸대 갖다 자갈길 위에 뿌릴 걸 가지구 그리 오래 끌었으니, 비양기 타구 다니는 시상에 짚신 신구 다닌 꼴이지 뭐냐. 우는 아이 젖 준다구, 가만히 있으면 무시당허는 시상이여.

그 덕분에 노인정서 나만 보면 해결사라구 놀린단다. 반장이 허풍을 떨어놔서 그렇지. 내가 죽기 전에 그런 일들을 해결허구 가야 니들이 편허게 다니지. 아마 당분간은 읍으로 사정허러 갈 일 읎을 것이다. 구석에 박혀 사니께 정부서 무슨 혜택을 줘두 까맣게 모를 때가 많단다. 반장두 있구 이장두 있지만, 그 사람들두 바쁜 사람들이라 지 일처럼 발 벗구 나서겄냐. 나랏돈 꼬박꼬박 받으며 일허는 사람들두 지 구실 못 허는디, 돈 한 푼 못 받는 반장 이장이 가뭇읎이 사는 늙은이 뭘 그리 알뜰허게 살펴주겄냐.

길 닦아 놓으니 좋긴 허더라. 전에는 리어카 한 번 끌려면 죽을힘을 썼는디, 스르르 미끄러지는 것이 누워 떡 먹기지 뭐냐. 니들두 이제 아무 걱정 말구 차 끌구 오너라.

신도시

아침나절 고추 모종이나 허려구 하우스 안에 있는디 마당서 차 소리가 나더구나. 니 동생들이 온다구 헌 일두 읎구, 누가 우리 집 마당에 차를 대나 싶어 나가봤다. 그놈의 누렁이가 길길이 뛰어 가만히 있을 수두 읎단다. 시커먼 차 안에서 양복쟁이 둘이 나오더니 다짜고짜 할머니허구 부르더라. 내가 그랬지. "날 알유?" 즘 보는 사람들이 지 에미 부르는 양 하두 반갑게 부르길래 수상히서 물었다. 그랬더니 깔깔거리며 한참을 웃더라. 그러면서 "우리 이상한 사람들 아니니까 걱정하지 마세요. 여기 땅이 좋아서 구경 좀 하러 왔어요" 그러는겨. 땅 판다구 헌 적이 읎는디, 땅을 보러 왔다니께 더 수상한 생각이 들더구나. 그래서 우리 땅 내놓은 적 읎는디, 워치기 알구 왔느냐구 싸늘허게 물었다. 그 사람들 내 말이 우스운지 또 한바탕 웃고 나서 자초지종을 설명허더라. 외딴집서 혼자 사니께 혹시라두 사기 당허는 것은 아닌가 내심 걱정했다.

니 아배 이 땅 장만허느라구 얼마나 고생힜는지 알 것이다. 예전에는 누구나 그렇게 살았다지만 그리두 니 아배 시원찮은 몸으루 새끼들 굶기지 않으려구 숱한 일 했단다. 책이나 읽구 살 사람인디 시대를 잘못 타구 나서 그 고생을 허다 간 것이지. 그 사람들 말마따나 집터두 그렇구, 논이구 밭이구 워디 한군데 흠잡을 디 읎지. 그 사람들이 그러는디 우리 동네가 신도시로 개발된다더라. 그리서 땅값이 천정부지로 오른 댜. 그러면서 할머니는 이제 부자 됐다구, 죽을 때까지 가만히 앉어서 놀구 먹어두 된다구 허풍을 떠는겨. 이놈들이 늙은이 무식허다구 장난을 치나 히서 호미자루를 단단히 쥐구 있었다. 요즘 들어 낯모르는 사람들이 가끔씩 집 근처를 둘러보구 가긴 힛다. 동네 사람들두 땅값이 워떻구, 신도시가 워떻구 허더라만 그게 무슨 소린지 물러서 난 신경 안 썼다. 오늘 그 사람들이 찾아온 걸 보면 분명 무슨 변고가 있는 모양이다. 나야 평생 땅만 보구 살었으니 값이 얼마면 뭐허겄느냐마는 그리두 땅값이 비싸진다구 허니 나쁘지는 않구나. 일 년 농사 죽게 지어봐야 비료값두 안 나오는 거 홀랑 팔어서 니들 편히 살게 히주면 좋겄지. 부모라구 이제껏 방 한 칸 얻을 돈 한번 보태준 적 읎어 면목이 읎다. 낮에 왔던 사내들 말대로 돈 걱정 안 할 정도로만 받는다면, 증말루 니들헌티 골고루 나눠주구 싶다. 집 읎는 막내아들헌티는 번듯한 집 한 채 장만히주구, 고물차 끌구 다니는 사위헌티는 큰 차 하나 사주구, 빚진 놈은 빚 갚아주구, 해외여행두 다니게 히주면 얼마나 좋겄냐. 글쎄, 땅값을 얼마나 받을지는 모르겄지만 그리만 된다면 내 새끼들 편히 살게 히주구 싶은디…….

다른 노인네들은 절대루 자식들헌티 돈주머니 풀지 말라구 허더라만 그게 말이 되는 소리냐. 새끼들 뻔히 고생허는 거 알면서 워치기 에미가 지 주머니만 챙기구 있겠냐. 아무리 돈 앞에서는 피두 눈물두 읎다구 허지만, 에미가 돼가지구 새끼 뭇 믿으면 워치기 헌다니. 시상에 돈 싫어허는 사람은 읎을 테지만 사람 나구 돈 났지 돈 나구 사람 나지는 않았을 것이다. 애야, 너두 읎는 살림에 두 새끼 대학공부 시키느라구 힘들지? 은행 융자까지 있다는 소리 들었다. 니가 워낙 알뜰허니께 그 살림 꾸려나가지, 풍덩거리는 여편네 같으면 벌써 말아먹었을 것이다. 그리두 애들 번듯하게 커가는 재미로 사니 억울헐 것은 읎다. 새끼 농사 잘 짓는 것이 최고란다. 배고픈 설움두 고통이지만 새끼 땜에 속 썩는 것만큼은 아니란다.

그나저나 그 사람들이 다녀간 뒤로 공연히 맘이 설레는구나. 뉴스서만 봤던 그런 일이 내게두 일어나는가 싶은 게 기분이 영 이상허다. 큰돈 만질 거 생각허면 가슴이 벌렁거리구, 내 땅이 읎어진다구 생각허면 가슴이 무너지는 게 뭐가 좋은지 판단이 서지 않는다. 평생 땅만 파먹구 살던 농사꾼이 돈 뭉치 생겼다구 뭘 허겠냐. 돈을 쓸 줄 아는 것두 아니구, 장사를 히서 돈을 벌 것두 아니니 뭘 히 먹구 살겠냐. 아무리 앉어서 놀구 먹을 팔자라 히두 워치기 사지 멀쩡한 사람이 밥숟갈만 놀리며 살 수 있겠냐. 짚신 신던 사람이 가죽 구두 신는다구 금방 행복히지겠냐 말여.

엄마의 땅은 항상 기름지다. 감자를 심어도 실하고, 배추를 심어도 실하다. 이 땅처럼 우리도 엄마 덕분에 정직하고 바르게 살고 있다.

저녁나절 반장이 지나가다 들렀더라. 아마 그 집두 사내들이 왔었나
보더라. 우리 땅값은 얼마 부르더냐구 은근히 물어보는겨. 그래서 나는
땅 안 판다구 일언했다. 반장 믿지 않는 눈치더구나. 혹시라두 지 땅값
보다 비싸게 부른 것은 아닌가 알아보려는 것 같더라. 그 사람들 나헌
티는 땅값 말한 적 읎는디 반장헌티는 아마 얼마 주겠다구 말한 모양
이여. 반장 입이 아주 귀에 걸렸더라. 그래봤자 손바닥만 한 밭뙈기 한
자락허구 산비탈에 있는 다랑이 논 서너 마지기밖에 안 되는디, 가격
을 수월찮이 부른 모양이더라. 반장이 지나가는 말로 백만 원 준다구
했다는디…… . 말이 그렇지 누가 이 촌구석 땅을 백만 원이나 주겠냐.

반장 말로 안말 땅은 평당 백만 원 줘두 안 판다구 했다는겨. 암만 생
각히두 난 믿어지지 않는다. 그 사람들이 미치지 않구서야 뭐허러 이
런 땅을 백만 원씩이나 주구 사겠냐. 그 신도신가 뭔가가 그렇게 대단
한 일이라니. 반장은 당연헌 일이라는 듯 한참을 떠들구 갔다만, 공연
히 도회지꾼들헌티 사기나 당허는 것은 아닌지 모르겠다.

신시장 생기구 차부 옮기는 거 보면 전혀 엉뚱한 소리는 아닌 것 같
기두 허구…… . 허지만 미리부터 김칫국은 마시지 말자. 기대가 크면
실망두 크다구 언제 우리가 공돈 바라구 살았냐. 조상이 도와 운이
트이면 좋겠지만 아니래두 그리 서운할 것은 읎다. 돈두 팔자에 있어
야 따른다구 그게 워디 억지로 생기겠냐. 애야, 니 동생들헌티는 말허
지 말어. 공연히 헛꿈 꾸다 실망헐지두 모르니께. 니얼은 노인정에 나

가 눈치 좀 살펴야 되겄다. 거기 가면 동네 돌아가는 사정 훤히 알 수 있으니께.

반장 말대로 백만 원씩만 받으면……. 그러면 참 좋을 텐디, 그렇게만 되면 더 늦기 전에 니들헌티 에미 노릇 한번 지대로 헐 텐디 말이다.

노인대학

오늘은 읍내 노인대학에 갔다 왔다. 일주일에 한 번씩 나가는디, 이
달에는 두 번밖에 나가지 못했다. 노인정엔 나가지 않어두 노인대학에
는 열심히 다니는 사람들이 많단다. 노인정이야 동네 사람들이 모여서
노는 곳이지만, 노인대학은 유명한 사람이 와서 연설두 허구 공부두
갈쳐주니께 훨씬 이득이 있는 셈이지. 학상이 모두 백 명이 넘는다구
허니께 몇 명 빠져야 표시두 안 나. 오늘은 특별한 강연을 헌다구 노인
정 회장이 다 같이 가자구 히서 몰려들 갔다.

추워서 며칠 동안 꼼짝 않구 집에만 있느라 답답힜는디 봉고차까지
대절허는 바람에 편허게 읍내까지 갔다. 다른 동네 노인정 사람들보다
우리가 먼저 가 앞자리를 맡었다. 뒷자리는 사람들이 들락거릴 적마다
찬바람 들어와서 뭇 쓰겄더라. 나허구 종두오매는 선풍기 난로 옆에 앉
는 바람에 후끈거려서 잠바까지 벗어놓구 앉아 있었다. 제시간 돼서
돌아보니 사람들이 아주 꽉 찼더구나. 나두 늙은이지만 헐 일 읎는 늙
은이들이 왜 그렇게 많은지 나라서 걱정헐 만두 허더구나. 웬만히선
죽지 않으니 좋은 시상이긴 허다만, 입만 살아 있는 게 사는 건지 모

르겄다. 오늘두 노인들의 근강한 부부생활인가 뭔가에 대히서 강연을
헌다구 공짜 즘심까지 주면서 모이게 헸다는구나. 나는 무슨 소린가
늦게 알어들었는디, 종두오매는 대변에 과부들은 괜히 왔다구 허더구
나. 강연을 들어야 즘심을 준다니 그냥 올 수두 읎구 히서 그냥 들었다.

　그 여자 허는 말이 부부생활을 히야 근강허게 오래 살 수 있다는겨.
주책이니 뭐니 따지면서 서로 등 돌리구 잠을 자면 부부 사이가 점점
멀어지면서 우울증이 올 수 있다는겨. 몸이 근강허면 나이 상관읎이
언제든지 부부생활을 히야 좋다구, 육십두 안돼 보이는 여잔디 웃지두
않구 애기 잘 허더라. 노인네들을 그냥 유치원 애들 다루듯 웃기구 혼
내구, 다들 재밌어 죽겄다구 박수 치더라. 옛날 같으면 감히 입 밖으로
꺼내지두 뭇헐 말을 얼굴 하나 붉히지 않구 조근조근 잘 가르쳐주더
구나. 종두오매는 우리두 이참에 영감 하나 은어야 헌다구 날 쿡쿡 찌
르며 웃구 지랄났더라. 워떤 할매는 큰 소리로 시골에는 과부 열에 홀
아비가 둘 셋이니 과부들 머리채 남어나지 않겄다구, 그런 강연 허려
면 영감 할멈 짝부터 지어주라구 소리치는 바람에 한바탕 웃음바다가
됐단다. 그 할매 말이 틀린 소리는 아니다만, 다 늙어서 무슨 영화를 보
겄다구 다시 짝을 맺는다니.

　니 아배 쓰러져 칠 년 누워 있는 동안 외로워서 야속한 생각두 들긴
허더라. 허지만, 사족 뭇 쓰는 영감 옆이서 죄짓는 거 같어 쉬지 않구
일만 헀다. 그것두 몸과 마음이 여유 있을 때 애기지, 육신이 고달프면

일 년에 한 번씩 받는 노인대학 수료증. 전공은 매번 노래교실
과 건강상식이다.

아무 생각두 안 난단다. 그 여자 말이 옳다구 히두 공연히 헐 일 읎는 노인들헌티 생각만 부추기는 것은 아닌지 모르겄더라. 배고프면 밥 먹구, 똥 싸구 허는 일처럼 쉽다면 그건 짐승이나 다름읎는겨. 봄이면 꽃피구 겨울이면 지는 것이 자연스러운 일 아니겄냐. 색다른 얘기 들었다구 얼마 남지 않은 인생 즐기며 살아야 헌다구 더러는 흥분들 허더라만, 난 아직두 구식인지 주책이라는 생각밖엔 안 들더라.

자세한 얘기는 그 여자가 쓴 책에 나와 있다구 문 앞에 쌓아놓구 파는디, 책 사는 사람들은 별루 읎더구나. 알구 보니까 책을 팔러 왔다는 생각두 들구. 전에두 웃음 전도사인가 뭔가 허는 사람이 와서 강연허구는 또 책을 사라구 허더구나. 그 책 사서 볼 사람이 얼마나 되는지 모르겄다. 책 볼 사람 정도면 그 시간에 그런 강연을 들으러 왔겄냐. 차라리 부업거리라두 가져와 노인네들 용돈이라두 벌게 허면 좋으련만, 공무원들은 도대체 무슨 생각으로 그런 주선을 자꾸 허는지 모르겄다.

어쨌거나 즘심 한 끼는 은어먹었다. 무슨 가든서 갈비탕 한 그릇씩 먹는디 종두오매가 고기 뜯어먹으며 실실거려서 왜 그러냐구 물었더니, 그 여자 강연 듣구 그새 워떤 영감은 할멈 하나 꼬셔서 딴 디로 가더라구, 아마 남산 쪽에 있는 양식집으로 가는 것 같더라구 허더라. 그 영감 기운두 좋지 즘심 때가 한참 지났는디 무슨 기운으로 남산까지 올라갔다니, 오랜만에 먹어서 그런가 그 집 갈비탕 참 맛있더라.

펌프

혼자 즘심 먹구 있는디 누가 왔더라. 지나가는 사람이려니 힜는디 안마당으로 들어서며 아주머니 허구 부르는겨. 나가 봤더니 웬 남자가 집 안으로 들어서며 여기저기 둘러보더라. 무슨 일이냐구 물었더니 자기는 못 쓰는 물건 사러 다니는 사람이라구, 버리는 물건 있으면 팔라구 허더구나. 글쎄, 우리 집에 그런 물건은 읎다구 힜더니 자기가 둘러봐두 되느냐구 가질 않는겨. 너무 야박한 거 같아서 나두 그냥 옆에 서 있었다. 한참을 위채 아래채 둘러보더니 샘을 팔라는겨. 펌프 말여. 그거 아직 쓴다구 힜더니, 물이 나오느냐구 묻더라. 그 샘은 아직 마르지 않았다구 힜더니, 펌프질을 해보구 돌려보구 요리조리 살피더구나. 한참을 그러더니 수둣가 옆에 있던 물통에서 물 한바가지를 퍼 붓구는 펌프질을 허는겨. 당연히 물이 나오지, 내가 그깃말헌 게 아니니께. 그 샘은 니 증조부 때 판 샘이다. 인부 둘이 며칠 동안 교대로 들어가 스무 자두 넘게 팠단다. 깊이 파 내려갈수록 좋은 물을 얻으니께 위험히두 팔 수밖에 읎었지. 지금은 기계가 샘을 파지만 그때는 사람이 직접 삽허구 곡괭이로 파 들어가며 돌을 쌓았단다. 그러니 샘 파다가 흙이 무너져 죽은 사람들두 더러 있었지. 물줄기 찾으면 샘을 만들구 그 속에 파이프를 심어 펌프와 연결히서 물을 퍼 올렸단다. 펌프를 달기 전에는 두레박으로 물을 퍼 올려 먹다가 나중에 펌프를 달았으니 그 세월만두 한참 걸렸다.

지금은 수도가 있어서 잘 쓰지 않지만, 당시만 히두 물맛이 좋아 한여름엔 그 물을 퍼서 밥 말아 먹었단다. 동네서두 우리 물맛이 좋다구 소문이 나 약 달이는 사람들은 일부러 얻으러까지 왔었단다. 가뭄으로 논이 쩍쩍 갈라져두 우리 샘은 한 번두 마른 적이 없었다. 그 숱한 식구들 빨래허구 밥을 히 먹어두 물이 마르지 않았는디, 근래 들어서는 물길이 막혔는지 물이 많이 나오지 않더구나. 물두 자꾸 퍼 써야 물길이 도는디 퍼내지 않아서 그런 모양이다.

그 남자 물이 나오니게 신기허게 생각허는 눈치더라. 펌프만 그냥 서 있는 줄 안 모양이여. 나더러 샘물 계속 먹을 거냐구, 안 먹을 거면 펌프를 저헌티 팔라구 허더구나. 전에두 워떤 물장사가 욕심을 내더니 이번에는 무슨 골동품 수집가라구 그걸 달라구 허니 별 사람들 다 보겄더구나. 돈이 월만지는 모르겄지만 그거 몇 푼 받구 멀쩡한 펌프 빼주면 샘이 볼썽사납잖니. 여름에 손자들 오면 그 물 퍼서 등목허구 노는 재미가 월만디. 팔 수 읎다구 다른 집에 가보라구 힜다.

그 남자 할머니가 달라는 대로 줄 테니 얘기히보라며 지갑서 돈까지 꺼내는 걸 보니 우리 펌프가 제법 값이 나가는 모양이더라. 값이 월만지는 모르지만 아무리 돈이 궁히두 그렇지 샘까지 팔아먹을 수는 옳지. 샘가에 앉아 나물두 씻구, 입맛 옳을 때 그 물 퍼 마시면 정신이 번쩍 난단다. 그 샘물 먹구 너희들 무탈허게 컸는디, 그거 뽑아서 팔아먹는다면 족보 팔아먹는 짓이나 같을 것이다. 내가 죽으면 모를까, 살아생전 그 샘은 묻지 말어라. 펌프두 가끔 닦어주면 녹이 벗겨져 그리 흉허지는 않다.

서울서 이 시골 구석까지 내려와 찾아다니는 걸 보면 펌프가 귀중한 물건이 틀림없는 것 같다. 또다시 그런 일이 있을까 봐 펌프를 아예 비닐로 감싸났다. 대문짝까지 떼가는 시상이니 무슨 일이 있을지 모르는 겨. 그게 안마당에 떡 버티구 있는 걸 보면 마음이 든든허단다.

바람난 박 씨

　노인정에 갔다가 별소릴 다 들었다. 교회 밑에 사는 박 씨가 바람이 나서 집 나간 지 열흘이 넘었다더라. 내년이 칠순이라는디 그 나이에 무슨 바람을 피느냐구 노인네들 수군거리더라만 그것두 옛날 말이지. 지금은 환갑 지난 사람두 청년 같더라. 잘 먹구 잘 차려입구 다녀서 도대체 나이를 짐작 못헌다니께. 박 씨두 모르는 사람이 보면 아들허구 형제 같다니께. 나란히 걸어가면 형님 아우로 알 만큼 인물두 좋구 젊어 보인단다. 놀 때도 주로 읍내 다방이나 양식당 같은 디서 놀고 동네 노인들허구는 상대두 안 헌단다. 읍내 사람들허구 크피 마시구 돈가스 먹는 사람이 후줄근한 동네 노인정 사람들허구 놀겄냐. 옷차림두 도시 멋쟁이 못지않더라. 얼마 전 박 씨네 아랫집에 사는 조 씨가 새벽녘에 들으니 그 집에 쌈이 났더라. 이웃인디 그냥 말 수 읎어서 살그머니 가봤더니, 박 씨 마누라 숨넘어가는 소리가 밖에까지 들리더라. 남의 집 부부쌈에 잘못 끼어들었다가 봉변당허는 것은 아닌가 한참을 망설였는디, 아무래두 동네 초상 치를 것 같아서 더는 참을 수가 읎더라. 그래서 집 안으로 들어가 봤더니 박 씨가 살림을 때려 부수며 지랄을 떨구 있더란다.

마누라는 바들바들 떨어가며 살려 달라구 애원허구, 박 씨는 밥통을 들구 죽인다구 난리더랴. 조 씨가 그러지 말라구 말렸더니 들구 있던 밥통을 냅다 집어 던지더란다. 술이 취히서 이혼히달라구 버럭버럭 소리 지르는디 마누라가 죽어두 못 히준다구 허니께 닥치는 대로 살림을 때려 부수더라는겨.

바람두 대를 잇는지 박 씨 아들두 얼마 전에 아들 하나 낳구 이혼을 허더니, 그게 웬일이라니. 멀쩡한 마누라 놔두구 그게 무슨 짓이냐. 아들은 무슨 보험회사 다니는 색시랑 바람이 나서 집을 나간 뒤 소식을 끊었다더니, 박 씨랑 바람난 여자는 쌍화차 파는 여자라더라. 도대체 쌍화차를 얼마나 팔아줬으면 눈이 맞았다니. 조 씨가 어느 날 읍에 갔다가 박 씨를 만났는디, 새초롬한 젊은 여자랑 팔짱을 끼구 아주 활보를 허더란다. 지 마누라허구는 손 한번 잡구 워디 가는 걸 못 봤는디, 다른 여자허구는 보란 듯이 읍내를 돌아다니구 있더랴. 작정을 허지 않구는 그럴 수 읎을 것이다. 박 씨 마누라는 아무 일두 읎었다는 듯 밭에만 엎드려 있다구 허더구나. 가끔 한 번씩 노인정에 나오기두 힜는디 동네 사람들 볼 낯이 읎는지 통 보이지 않더라.

자구로 바람난 서방은 성난 황소 잡는 것보다 어렵다구, 지 풀에 지칠 때까지 지켜봐야지 공연히 건드리다 뒷발로 채인다. 지금 허는 말이지만 니 아배두 언젠가 화장품 팔러 온 여편네 이쁘다구 관심 보인

적이 있었다. 그때만 히두 나이든 여자들이 화장품을 팔러 시골 구석까지 찾아왔었으니게. 돈이 읎으면 쌀두 받구 콩두 받구 허던 시절이었으니 오래된 얘기지. 모를 심구 한시름 났을 때다. 니 아배는 대청서 붓글씨를 쓰구 나는 거둬온 강낭콩을 까느라 대문 앞에 앉아 있었다. 안면이 있었는지 그 여자가 화장품 가방을 들구 나타나니게 니 아배가 벌떡 일어나 인사를 허는겨. 저 양반이 언제 봤다구 저리 반가워허나 싶어서 꼴만 봤다. 한눈에 봐두 작달막헌 게 화사허더라. 내가 "우리 집 양반 알유?" 허구 물었더니, 며칠 전 방앗간 근처서 니 아배허구 인사를 나눴다는겨. 그러면서 니 아배가 우리 집에 한 번 들르라구 혔댜. 생전 내 화장품 한번 사준 적 읎는 사람이 별일이다 싶더라. 그 여자두 강낭콩 까는 나헌티는 관심 읎구 니 아배헌티만 이것저것 꺼내놓으며 생글생글 웃더구나. 눈치가 보였는지 니 아배가 날 부르더니 난데읎이 영양크림을 하나 사라는겨. "비쌀 텐디 그냥 둬유" 혔다. 싫다구 혔는디두 기어이 하나 사더라. 허기야 집으로 불렀는디 안 팔아줄 수 읎었겠지. 암만 그리두 니 아배가 그 여자 쳐다보며 웃는 모양새가 영 기분 나쁘더라. 그 여자두 니 아배가 인물이 반반허니게 다르게 생각허는 눈치구. 그냥 있을 수 읎어서 내친김에 로션까지 하나 더 달라구 혔다. 나중에 또 한번 올 눈치여서 미리 방도를 쓴 것이지. 그 여자 팔아줘서 고맙다구 허연 손수건 몇 장허구 니 아배 쓰라구 쬐끄만 화장품 하나를 더 주더구나. 비싼 화장품을 그냥 주다니 더 이상한 생각이 드는겨. 그렇다구 대놓구 물어볼 수두 읎구 설마설마 허는 생각만 힜다.

화장품을 사긴 힜는디 집안에 돈이 읎더라. 그리서 생각 끝에 콩 두 말을 줬다. 쌀보다는 콩이 더 무거울 거 같아서 그맀다. 그 여자 콩 두 말 이구 가느라 아마 고생깨나 힜을 것이다.

그날 저녁에 내가 물어봤다. 그 화장품 장사랑 언제부터 친허게 지냈느냐구. 두 사람 사이가 보통이 넘는 거 같더라구. 니 아배 피식피식 웃어가며 별 얘길 다헌다구 은근슬쩍 넘어가더라. 그럴 사람은 아니지만 니 아배라구 사내가 아니겄냐. 그 여자가 일부러 여기까지 찾아온 걸 보면 장사두 장사지만 니 아배헌티 딴맘이 있었는지두 모르지. 아니면, 니 아배가 술 취히서 농을 걸었을지두 모르구.

니 아배 샌님 같다가두 술만 들어가면 웃기는 소리 잘힜단다. 읍내 주막집 여자들이 니 아배만 가면 좋다구 공짜 안주를 막 퍼줬다. 농사꾼 같지 않게 곱상허니 생긴 디다 말까지 유식허게 힜으니 여자들이 따랐겄지. 어느 사내꼭지가 열 계집 마다허겄냐. 무뚝뚝한 마누라만 보다가 상냥한 여자를 보니 맘이 끌렸는지두 모르지…….

다행히 그 화장품 여자 다시는 우리 집에 오지 않더구나. 콩 자루 이구 가다 심술이 난 것인지, 아니면 니 아배가 따로 만나 오지 말라구 헌 것인지는 모르겄다. 바람이라는 것이 크든 작든 바람은 바람이다. 바람이 불 때는 맞서지 말구 지나갈 때까지 지다리는 것두 방법이란다. 구식이라구 헐지는 모르지만 새끼 있는 에미는 서방보다 새끼가 우선이란다. 박 씨 지금은 저리 뻗치구 다니지만 나중에는 분명히 후회허면서 집으로 돌아올 것이다. 아무리 여자를 밝히는 남자라구 히두 지 자식 품구 있는 마누라헌티서는 죽기 전까지 벗어나지 못허는 법이다. 다 늙어빠져 돌아오면 뭐허냐구 허겄지만 그것두 인연이면 헐 수 웂잖니.

　말이 그렇지 한 몸으로 살 수 웂는 게 부부란다. 몸보다는 마음이 맞어야 살 수 있단 말이지. 콩밭에 죽은 척 엎드려 있는 박 씨 마누라두 나중에는 박 씨헌티 큰소리치구 살 날이 올 것이다. 넘들은 재밌어라 그 집 얘기허지만 그만헌 허물 웂이 사는 사람들이 워디 있겄냐. 콩밭에 구르는 똥 참외 같은 인생이라두 그걸 지키려는 박 씨 마누라 같은 사람들이 있어서 사는 거란다. 너두 서방헌티 잔소리 너무 허지 말어라. 말 속에 뼈 섞지 말구, 무슨 일 있거든 좋은 쪽으로만 이해허라.

영순할매는 멋쟁이

오늘 노인정서 영랑사로 봄놀이 다녀왔다. 쪼끔 더 있으면 바쁘다구 당일치기루 얼른 갔다온겨. 그 바람에 고추 모종 허구 고구마 모종 허 느라 어제는 즘심두 굶어가며 일허고 밤새 끙끙거리다가 새벽녘에서 야 잠깐 눈을 붙였다. 아침 여덟 시에 노인정 마당에 뽀스를 댄다구 허 니 늦잠 잘 수두 읎구, 넘들 다 가는디 동네서 빠질 수두 읎구, 간신히 일어나서 검정 모직 바지에 겨울 스웨터 입구 서둘러 갔단다. 삼십 분 이면 가는 절이라 간단허게 생각힜지 뭐냐. 화장품 찍어 바를 시간두 읎이 추울까 봐 내복만 끼워 입구 부랴부랴 갔더니 아니나 다를까, 넘 들은 벌써 와서 뽀스에 앉아 있더구나. 먼 디 가는 것두 아니구 밤새 들 안 잤는지 일찌감치들 나왔더라. 내가 그중 늦게 간 모양이여. 운전 사가 늦게 온 벌로 노래를 허라더구나. 뛰어가느라 숨까지 찬 사람헌티 무슨 노래냐구 볼멘소릴 힜더니 두번 말 안 허더라. 다리는 후들거리 지 휘발유 냄새는 코를 찌르지 공연히 왔나 싶었다.

허지만 니 말마따나 한번 두번 자꾸 빠지다 보면 나중에 아예 빼놓 을까 봐 싫다구 뭇 헌단다. 일 년에 한두 번만 다니면 좋을 텐디, 꽃놀이, 물놀이, 단풍놀이, 온천관광, 효도관광 등 쩍 허면 놀이 가자구 허니, 돈은 또 월마여. 자식들 등골 빼먹지 않구서야 시골서 무슨 돈이 있어 그리 자주 놀이를 다니겠냐. 그러니께 요즘은 시골서두 돈 읎으면 못 산다. 읍허구 동네 부녀회서 돈이 몇 푼 나오긴 헌다지만, 한 사람 당 걷는 돈두 만만찮다. 허는 소리들은 죽을 날 얼마 남지 않았으니 자식들 생각지 말구 다리 힘 빠지기 전에 실컷 놀아야 헌다구 허더라. 그 말두 틀린 소리는 아니지만, 날 받어놓은 사람들처럼 환장을 허며 노는 걸 보면 시상 참 많이 변혔구나 싶다. 돈 애끼며 지지리 궁상으로 사는 사람들이 드물단다. 옷두 얼마나 잘 입는지 젊은 사람들 못지않단다. 빼입은 것두 시골 사람들 티가 전혀 안 나고, 시장서 파는 옷두 전 같지 않구 백화점서 파는 옷이랑 똑같다더라.

우리 노인정서 최고 멋쟁이는 영순할매란다. 아들 며느리가 선상이라서 돈 걱정두 안 허지만, 워낙 태가 좋아서 뭘 입어두 폼이 나더구나. 오늘두 노랑 바지에 궁뎅이까지 내려오는 노르스름한 봄 코트를 입었는디 어찌나 화사헌지 보기 좋더구나. 모자두 워디서 그런 모양을 샀는지 위는 주름지구 챙은 둥그렇구 넓은 것이 멋지더라. 구두두 운동화 비슷한 구두를 신었는디, 키두 커 보이구 아주 편허다더라.

가방에 양산까지 무엇 하나 빼놓지 않구 들었는디, 하나같이 구색이 잘 맞아 보는 사람들마다 칭찬 일색이란다. 그 할매 뽀스 탈 때면 꼭 나허구 짝인디, 오늘은 내가 늦게 가는 바람에 종민할매랑 같이 앉었더구나. 영순할매 잔소리 많은디 차라리 잘됐구나 싶더라. 잠을 못 자서 눈을 좀 붙이려구 맨 뒷자리에 가 혼자 앉었다.

일 안 허구 놀이 나오니 좋긴 좋더구나. 언제 그렇게 꽃이 피었는지 밭고랑에 엎드려 있느라구 봄이 가는 줄두 물렀다. 논바닥두 물이 가득 출렁거리구, 들마다 풀들이 새파란 게 어린애 손가락 사이로 빠져나간 듯 씨를 뿌려두 바로 솟구칠 것 같더구나.

바깥구경 허다가 잠깐 눈을 붙인 모양이여. 깨어 보니 그새를 못 참구 일어나 춤을 추구들 난리굿이더라. 단연 영순할매가 주인공이지. 그 할매가 마이크 붙들구 맨 앞줄부터 노래시키구 춤추게 허구 의자에 가만히 앉어 있질 못허게 헌다니게. 능구랭이를 삶아 먹었나 뭔 근력들이 그리 좋은지, 난 보기만 히두 어지럼증이 일더라. 영순할매 하늘하늘 춤을 추며 노랫가락 뽑는 걸 보면 천사가 따로 읎단다. 목소리두 본래 타구난 것인지, 찬송가두 잘허구 유행가두 모르는 게 읎어. 밥 먹구 맨날 노래만 부른 모양이여. 허긴, 그 할매가 본래 부잣집 외동딸이었다더라. 여핵교까지 나왔다니 머리두 똑똑허겄지. 회장보다 영어를 더 아는 눈치더라. 영어두 심심찮게 섞어서 말허는 거 보면 가짜는 아녀. 친정서부터 귀하게 자라서 그런지 시집두 그만허면 잘 왔지. 그 당시 대학 나온 사람헌티 시집와서는 교장으로 퇴직을 힜으니 동네서 유지 소릴 들었지. 말만 시골 사람이지 영순할매는 서울 사람보다 더 서울스럽게 사는 사람이여. 그 할매 방에는 전축이며 소파, 침대, 안마의자 등 별별 신식 물건이 다 있다더라. 종민할매가 그 집에 갔다가 입이 딱 벌어져서 왔다니께. 그 할매 젊어서는 우리 같은 사람들허구 잘 어울리지두 않았다. 말을 섞기는커녕 지나다니면서 아는 체두 안 했다니께. 그러더니 시부모 죽구 영감 죽으면서 큰일 몇 번 치르더니 동네 사람들 읎이는 살 수 읎다는 걸 안 모양이여.

앞집두 모르구 사는 아파트두 아니구, 혼자 용빼는 재주 있다니. 언제부턴가 슬금슬금 밭에두 나오구 논에두 나오더니 요새는 아주 지가 동네서 북 치구 장구 치구 난리여. 노인정에 무슨 일만 있으면 발 벗구 나서서 주동을 헌다니께. 그 집 아들 내외두 전 같지 않구 얼마나 잘 허는지 이번에두 놀이 가는디 십만 원이나 내놨다구 허더구나. 그러니 그 할매 장칠 만두 허지.

노래시킬까 봐 그렸는지 종민할매가 슬그머니 내 옆으로 와서 앉더구나. 그 할매두 신명이 읎어서 놀이 갈 적마다 이리 빼구 저리 빼구 노래 한번 들을라면 도살장에 끌려가는 소처럼 다뤄야 헌다니께. 허지두 뭇허는 노래는 왜 시켜놓구 그리 깔깔거리는지 사람들 심보두 참 이상허더라. 과부사정 과부가 안다구, 종민할매랑 나랑 노래 안 허려구 죽은 듯이 앉아 있었다. 그런디, 영순할매 보조 노릇허는 회장이 술에 취히서 휘청거리며 뒤로 오더니 죽어라 내 손을 잡아끄는겨. 씨부랄! 그 영감탱이만 가만히 있었으면 그 망신을 안 당힜을 텐디, 뭔 지랄로 종민할매랑 나를 소 몰듯이 몰아가지구는 기어이 노랠 허게 만드냐 말여.

앞에 나와서 보니게 칙칙한 겨울 스웨터 입은 사람은 나허구 종민할매밖에 읎더라. 노래 시작허기두 전에 기가 죽어서 목구멍이 콱 맥히는겨. 종민할매더러 먼저 선창허라구 눈치를 줬더니 알아들었는지 〈소양강 처녀〉를 뽑더구나. 도대체 노랜지 타령인지 따라 부를 수가 있어야지. 그 할매는 그 할매대로 나는 나대로 병든 암탉 소리 지르듯 허니게 사람들이 배꼽을 잡구 웃는겨. 운전사가 핸들을 다 놓치며 웃었다니게. 영순할매 재밌어 아주 꼴딱 넘어가더라. 노래 못 허는 거 새삼스러운 일두 아닌디, 대놓구 망신준 거 같아서 기분 나쁘더라. 순전히 저 자랑허려구 놀이구 뭐구 추진허는 거 같아서 영 마땅찮다. 영랑사에 가서두 주지헌티 어찌나 친한 척을 허던지 꽃놀이는 둘째 치구 주지 만나러 온 거 같더라니게.

그놈의 노래만 안 시켰으면 꽃구경 잘혔을 텐디, 집에 올 때까지 기분이 풀리지 않아서 혼났다. 종민할매두 기분이 언짢은지 즘심두 먹는 둥 마는 둥 허더구나. 아직 여름두 아닌디 날씨는 왜 또 그렇게 더운지, 내복을 입었으니 스웨터를 벗을 수두 읎구 나중에는 종민할매랑 그늘에 앉아서 꾸벅꾸벅 졸기만 혔다. 돌아올 때는 다들 피곤헌지 조용허더구나. 하루 쟁일 그리 뛰어놀었으니 피곤헐 만두 허겄지. 뒤서 보니게 영순할매두 조는지 마이크가 선반에 올라가 있더라. 지나 나나 저승길이 코앞인디 별 수 있겄냐.

근디, 오늘 영순할매 입은 그런 옷은 워디 가면 살 수 있다니. 앞가

슴에 말대가리 같기두 허구 수탉 같기두 헌 그림이 그려져 있던디. 애
야, 우리두 한 벌씩 사 입을래? 너 입어두 잘 어울리겄더라. 에미가 그
정도는 사줄 수 있다.

가끔 그런 질문을 받는다. 어떻게 소설을 쓰게 되었느냐고. 망설이지 않고 선뜻 대답하는 작가는 그리 많지 않을 것이다. 처음부터 목표를 정해놓고 살아가는 사람들도 있겠지만 내 경우처럼 어떤 의지라기보다 삶의 흐름이 자연스럽게 이쪽으로 흘러 글을 쓰게 된 경우가 더 많을 것이다.

어릴 적의 나는 동화책을 읽어본 기억이 없다. 동화책을 대신해 준 것은 라디오를 통해 듣는 연속극과 엄마의 입으로 전해 듣는 믿거나 말거나 한 전설과 동네 사람들의 이야기였다. 엄마의 하루는 밤늦도록 바느질과 뜨개질로 이어졌고, 그 고단한 엄마의 시간 속에서 나는 현실과 비현실을 넘나들며 달콤하면서도 유혹적인 상상을 할 수 있었다. 태산처럼 앉아 등잔불에 의지해 바느질하던 엄마에게서 동화를 읽고 전설을 듣고 나와 다른 사람들을 보았다. 엄마는 그 모든 것들의 주인공으로 전설이 되고 동화가 되고 세상의 이야기가 되었다. 내 문학의 시초는 어쩌면 그때부터였을 것이다. 그리고 지금까지도 여전히 노쇠해가는 태산을 바라보며 문학을 아니 부족한 무엇을 채우려 갈망한다.

나두 그런 시절이 있었다

큰이모

 궝말 사는 니 큰이모가 아침 일찍 즌화를 힜더라. 날두 춥구 아침 먹
은 밥상 윗목에다 밀어놓구는 마냥 연속극에 빠져 있던 참이었다. 아
랫동네 살면서두 왕래를 허지 않고 사니 즌화 통화나 헐 수밖에 읎지.
그러구 보니께 니 큰이모가 나헌티 즌화 걸기 시작헌 지 일 년 남짓 됐
구나. 그전에는 니 외갓집에나 가야 얼굴 한 번 볼 수 있었다. 너두 알
지만 니 큰이모가 까막눈이잖니. 즌화를 허구 싶어두 돌릴 줄을 알어
야지. 하루는 내가 니 이모집에 가서 달력에다 빨간 사인펜으로 우리
집 즌화번호를 크게 적어놨다. 똑같은 숫자 순서대로 돌리면 된다구 몇
번이구 가르쳐줬지. 그맀더니 어느 날인가 진짜루 즌화를 걸어왔더라.
츰이는 여보슈! 여보슈! 소리만 내길래 워떤 할매가 즌화를 잘못 건 것
은 아닌가 힜다. 한참을 같이 여보슈! 여보슈! 허다 생각허니께 니 큰
이모 목소리더구나. 얼마나 반가웠던지 그때 생각허면 지금두 웃긴다.
 그 후론 무슨 일만 생기면 즌화를 히대는 통에 귀찮을 때가 많다. 오
늘두 한참 재밌게 연속극을 보는디 즌화 오는 바람에 지대로 보지 뭇
힜다.

니 이모가 즌화 건 요지는 다리 아프지 않으면 즘심 같이 먹게 자꾸 오라는겨. 헐 일은 읎지만 날이 워낙 사나워서 얼른 대답이 안 나오더라. 그렇다구 매정시럽게 싫다구 헐 수두 읎구, 이 핑계 저 핑계 대다가 그냥 가마구 혔다. 목소리에 기운이 하나두 읎는 것이 그냥 즘심 먹자구 부르는 것 같지 않더구나. 밥상 대충 치우구 니가 사다 준 오리털 잠바 입구서 집을 나섰다. 다리두 시원찮구 정신까지 어리벙벙한 노인네 예까지 오라구 헐 수두 읎구, 길은 나섰는디 어쩌나 추운지 몇 겹을 껴입구 나왔어두 턱에서 딱따구리 참나무에 구멍내는 소리가 멈추지 않더라. 젊은 애들 걸음이면 이십 분도 안 걸릴 텐디 무려 한 시간을 걸어서 쾽말까지 갔다. 니 큰이모 그 추운디 대문 앞에 쪼그리구 앉아 있지 뭐냐. 동생 길 잃어버릴까 봐 나와 있느냐구 싫은 소릴 히두 그저 와준 것이 반가운지 내 손만 꼭 잡더라.

너두 알지만 옛날엔 쾽말서 니 큰이모네가 웬만큼 사는 집이었다. 그런디 오늘 가보니게 형편읎이 기울었더라. 새끼 여덟 키워서 내보냈으니 뭔들 남았겄냐. 안방에 시집올 때 히갖구 온 장롱이 여적 있는 걸 보면 알쪼지.

그보다 니 큰이모는 왜 아직두 그 쪽머리를 허구 있는지 모르겠더라. 신식 며느리가 몇이나 되는디 그러구 다니는지 물러. 딸년들은 또 뭘 허는겨. 지 에미 좀 미장원에 데리구 가서 상큼허게 짜르구 파마 좀 히주지. 허연 머리에 그놈의 은비녀 평생 꽂구 다니더라. 머리통이나 작구 아담허냐, 머리통은 수박만 허구 얼굴은 밀가루 반죽 밀어놓은 것마냥 땡그라서 클 적부터 밀점병이라구 안 혔냐. 몇 가닥 되지두 않는 팥뿌리를 은비녀로 꽁꽁 동여맨 폼이 연속극에 나오는 행랑어멈이지 그게 워디 요즘 노인네냐. 하두 속이 상히서 내가 한마디 혔다.

"아따 언니는 여즉 쪽머리여? 가세 갖구 와, 내 빤뜻이 짤러줄 테니!"

니 이모 아주 싫다구 윗목으로 내빼더라. 뭔 고집인지 알다가두 모르겠어. 시오매 구박허는 며느리 얻은 것두 아니구, 두 끼 먹는 집으로 딸들 시집 보낸 것두 아닌디. 모양새가 맨날 그 모양인 걸 보면 죽은 니 이모부가 어지간히 쪽진 머리를 이쁘다구 헌 모양이다.

니 이모부가 이모라면 껌뻑 죽지 않았겄냐. 딸 다섯 중 인물이 그중 빠져서 시집이나 갈라나 혔는디, 짚신두 짝 있다구 사위 중 체격이 가장 좋은 사람헌티 시집가더라. 승질은 또 얼마나 순헌지 오죽허면 니 아배가 큰동서더러 소 같은 사람이라구 혔겄냐. 그리 금슬 좋게 살더니 복이 그것뿐인지 사십이 넘자마자 죽어버렸다. 그때부터 니 이모 입 닫고 밭고랑서만 살더라. 아무리 한 뱃속이서 난 자매지만 그 속을 누가 알구 내 일처럼 맘 아퍼허겄냐. 다들 저 먹고살기 바쁘니 그럴 수밖에 읎겄지.

동생 오길 지다렸는지 방 안에 들어서기 무섭게 밥상을 내왔더라. 추운디 걸어오느라 아침 먹은 게 벌써 내려가긴 혔지만 가자마자 숨 쉴 틈두 읎이 밥상을 받구 보니 끄윽 트림부터 나오더라. 니 이모 아랫목서 밥사발 꺼내구 숭늉 푸러 부엌으로 간 동안 밥상을 살펴보니께 제기랄! 그지 동생이 왔나 웬 괴기 반찬만 그리 숱허게 차려놨는지, 먹기두 전에 속부터 미끄덩거리더라. 아마 동네서 잡은 돼지괴기인 모양이여. 된장에 삶었는지 비계에 메주가 그냥 붙어 있더라. 게다가 닭다리 하나는 또 워디서 났는지 시커먼 소금 한 주먹이랑 내 밥사발 옆이다 바싹 놨더라. 쇠고기는 신정 때 애들이 사왔는지 무국에 무는 읎구 주먹만 한 고깃점만 빼곡허더라. 니 이모 빤히 쳐다보구 있는디 나 혈압 때문에 괴기 안 먹는다구 헐 수두 읎구, 동치미 국물 번갈아 떠먹으며 그 밥상 비우느라 창자 터지는 줄 알았다. 숟갈 놓기 무섭게 뒤로 나자빠지는 꼴을 보구 니 이모 이렇게 말허더라.

"넌 워치기 늙지두 않니, 밥 먹는 거 보니께 너는 삼십 년은 더 살겠다."

동생 나이를 알구나 그런 소릴 허는 것인지, 아무튼 니 이모 시절스러운 건 알아줘야 헌다니께. 그저 맴만 좋지 앙큼한 디가 있어야지. 지 것 챙길 줄을 아나 남 것 욕심낼 줄을 아나, 지 복에 산다구는 허지만 워떤 때는 너무 답답혀.

자꾸 하룻저녁만 자구 가라구 붙드는디, 누렁이 밥 땜에 잘 수가 있어야지. 담에 와서 며칠 잔다구 애 달래듯 해놓구 돌아서는디 뒤꼭지가 땡기더라. 들어가라구 그렇게 손짓을 허는디 꼼짝 않구 대문 앞에 그냥 서 있는겨. 씨부랄, 들어가라니께 왜 자꾸 저러나 싶은 것이 속상

히서 혼났다. 돌아보기 싫어서 한참 뛰다 생각허니께, 그깐 개새끼가
뭐 그리 중요허다구 우리 언니 눈물짓게 만들구 돌아섰나 싶기도 허
구……

큰오매 시집살이

시집오니께 니 큰오매가 시오매보다 더 무섭게 굴더라. 니 아배랑 스무 살 가까이 차이가 나니 시동생이 자식 같기두 했겠지. 어찌나 사철 헌지 눈매가 오뉴월 서릿발처럼 차구 목소리까지 냉랭허더라. 갓 시집 온 처지라 시키는 대로 헐 수밖에 읎었다. 길쌈하랴 밭일하랴 그때는 증말 사는 게 아니었다. 하루 죙일 가야 새신랑허구 눈 한번 맞추기 힘들었지. 그리두 니 아배는 워치기 히서든지 각시 얼굴 한번 보겠다구 쓸데읎이 부엌 근처 얼쩡거리다가 숱하게 눈칫밥 먹었단다.

무엇보다 어려웠던 것은 니 큰오매가 일찍 청상이 되는 바람에 고초가 이만저만 아니었다. 그렇잖아두 니 큰아배가 하느님 믿는다구 할아배헌티 온갖 구박 당허다가 죽었으니 그 설움이 오죽했겠냐. 우두실서 쬐끄만 예배당 지어 전도사 노릇허더니 갑자기 무슨 병에 걸렸는지 앓지두 않구 죽었단다. 그때 니 큰오매헌티 아들 하나 딸 하나가 있었으니 그야말로 살 길이 막막했지.

그렇다구 언제까지 한 집서 득시글거릴 수두 읎구, 하여 니 할아배가 논 일곱 마지기허구 집을 사서 큰오매를 내보냈단다. 그 어린것들 품

불씨가 남아 있을 것 같아 아궁이 속을 뒤적거려보고 솥뚜껑도
열어본다. 녹슨 무쇠 냄새와 딱딱해진 재뿐이다.

에 안구 울면서 집 나가던 큰오매 보니께 시집살이허던 생각은 그만두구, 어찌나 측은하던지 많이 울었다. 옆 동네로 내보내긴 했지만 여자 몸으로 새끼 키우며 혼자 살기가 그리 쉬웠냐. 우리두 바쁘니께 자주 찾아보지두 못했구. 동네 사람들 입으로 어려운 사정 듣구만 살았다.

그리두 니 큰오매가 성격이 그만히서 그런지 아니면 동네 인심이 사납지 않아서 그런지 그런대로 뿌릴 내리구 살았단다. 얼마나 억척을 부렸는지 밭두 사구 다 쓰러져가던 집두 고치구. 니 할아배 죽을 때 큰오매 손 잡아주구 가더라. 지대로 못 히줘서 미안했던 모양이여.

그 고생을 허구 살었는디 아직두 근강허게 백세를 바라보구 있으니 타구난 복인가부다. 그치만 그게 워디 산다구 헐 수 있겄냐. 살아야 허니께 이를 악물구 이겨냈겄지. 그리두 자식들 번듯하게 키워내구 이젠 증손자들까지 봤으니 형님이야말로 헐 일 다 했다구 봐야지. 맘 같아선 고향인 여기 내려와서 같이 살자구 허구 싶은디, 그리두 자식들 곁에 있는 것이 나을 것 같아서 말이 쉽지 않더라.

금쪽같이 키운 자식들 곁을 한시라두 떠나구 싶지 않겄지. 오늘은 형님헌티 즌화라두 넣어봐야겄다. 이가 시원찮어 깍두기 국물에다 겨우 밥 먹는단 소릴 들었는디. 틀니 새로 해 박은 지 얼마 되지 않아 자꾸 아픈 걸 보면 워째 심상치 않구나. 가까우면 니 큰오매가 좋아허는 동치미나 좀 담궈다 줄 텐디. 형님이랑 아궁이 앞이서 시원한 동치미 국물에 보리밥 말아 먹던 생각이 나는구나. 그게 엊그제 같은디……

다섯 할매

너두 다녀갔다구 허더라. 내가 늦게 가는 바람에 널 보지 못힜구나.

니 둘째이모부 죽었다는 소릴 즘심나절에 들었다. 니 큰이모가 먼저 연락받구 나헌티 계속 즌화를 걸었는디, 내가 논에 엎드려 있는 바람에 즌화를 받지 못힜다. 논배미에 엎드려 있으면 뱀이나 물으면 모를까, 전쟁이 터져두 모르구 누가 쥑인다구 낫을 쳐 들구 있어두 물러. 내가 지독히서 그렇다. 그놈의 뜬 모 마저 해놓구 즘심 먹을 양 허리가 끊어지는 줄두 모르구 엎드려 있다가 마당으로 들어서니께 즌화 소리가 들리는겨. 니들이야 별일 아니면 저녁에 즌화허니께, 웬 즌환가 싶었다. 한나절에 울리는 즌화는 필시 좋거나 나쁘거나 둘 중 하나니께. 급허게 즌화 받을 요량으로 신발 한 짝만 벗구 방으로 들어서는디 누렁이가 날 보구 또 미쳐 날뛰는겨. 집 보라구 가둬놓구 일 나갔더니 지 딴엔 반가워서 그렸겄지. 맘은 급허지 개는 지랄허구 문지방 앞서 난리를 치지, 한참을 실갱이허다 보니 즌화가 뚝 끊어지는겨. 수월찮이 울렸는디 받질 못힜으니 심란혀 죽겄더라. 헌디, 즌화 소리가 또 울리는겨. 헐떡거리며 받으니께 큉말 사는 니 큰이모더구나. 니 둘째이모부가 죽어서 새벽부터 즌화헝는디 받지 않더라구, 하두 연락이 안돼서 너까지 워치기 된 줄 알구 가슴이 철렁헝다는겨. 노인네 밤새 안녕이라구 걱정헐 만두 허지.

그나저나 갑자기 서울 갈라니 입성이 마땅히야지. 시골집서 초상 치르는 것두 아니구 큰 병원 영안실에 있다니게 공연히 신경 쓰이더라. 명색이 처제인디 아무렇게나 입구 갈 수두 웂구, 아쉬운 대로 니가 전에 사다 준 회색 블라우스를 걸쳤다. 밭일 헐 때 두어 번 입었던 옷이라 모양새는 웂지만 색깔이 즘잖어서 그냥 입었다.

급허게 나오느라 누렁이 단속을 뭇헌 것이 맘에 걸렸지만 워디 도망은 안 가니게 큰 걱정은 안 헌다. 니 큰이모 역시 돼지 밥 주는 거 까먹었다구 어지간히 걱정허더라. 사람이 죽었다는디 내 집 짐승 걱정부터 허냐구 같이 가던 니 외삼촌이 어찌나 핀잔을 주던지 민망히서 혼났다.

니 둘째이모 큰아들 참 잘났더라. 영안실에 꽃다발이 꽉 찼더라. 그게 다 큰아들 손님헌티서 나왔다는겨. 손님들두 하나같이 검은 양복을 쭉쭉 빼입은 것이 보통 사람들이 아닌 거 같더라. 그 아들 갈치느라구 그렇게 고생허더니 성공했더라.

아들 잘 둬 그런지 니 둘째이모는 영감 죽은 표시두 안 나더라. 아들 손님들 받을라구 그맀는지 화장까지 곱게 허구선 잘잘 끌리는 검정 한복을 입었는디, 아따 인물 괜찮어 뵈더라. 너두 알겠지만 워디 최 서방네 딸들 인물 뭐 볼 게 있냐. 오죽허면 오늘로 과부된 둘째이모까지 다섯이 둘러앉아 밥을 먹구 있자니 입 걸기로 소문난 니 둘째 외삼촌이 그러는겨.

"아따 최 씨 집안 딸들 참 인물 읎네. 옛날이니게 시집갔지 요즘 같으면 어림두 읎다."

늙어서 그렇지 난 그렇게 빠지는 인물은 아니다. 니 둘째이모가 그중 낫다구는 허지만, 가만히 뜯어본 사람들은 그리두 막내딸인 내가 낫다구들 허더라.

인물 얘기허며 웃었지만 가만히 생각허니게 참 속절읎더라. 약속이나 헌 듯 하나같이 영감 먼저 보내구 폭삭 늙은 할망구들이 돼버렸으니 세월 참 무상허다.

클 때 고만고만한 우리 다섯 자매가 나들이 나서면 동네가 다 훤허다는 소릴 들었는디, 오늘 보니게 외삼촌 말따나 보잘것읎이들 늙었더라. 자식들이 오십이 넘었으니 별수 있겄냐. 그리두 난 이빨 빠진 언니들이라두 많이 있으니게 좋더라. 언니들이 날더러 "너는 어쩜 그렇게 늙지 않느냐구, 참 이쁘다"고 그러더라. 나야 새끼들이 워낙 잘히서 걱정 읎어 그렇다구 힜다.

우리 언니

니 큰이모가 쓰러져서 서울 큰 병원에 입원힜다기에 오늘 다녀왔다. 나 혼자 찾아갈 수 읎어서 그동안 미루다가 니 큰외삼촌 아들 내외허구 같이 갔었다. 늙은이가 무슨 근력이 남아돈다구, 새벽부터 밭에 나가 일허다가 쓰러졌다는구나. 새끼가 일곱이구 여덟이면 뭐허냐. 구십 늙은이 맨날 혼자 밥 끓여 먹으니 쓰러질 만두 허지. 얼마 전에두 즌화힜는디 목소리에 힘이 하나두 읎더라. 내가 "언니 워디 아픈겨?" 허구 물었더니 죽어두 아니라구, 새끼들 욕허기 싫으니 그랬겄지. 구십까지 살었으니 죽어두 그만이지 허겄지만 그리두 나헌티는 큰언니라 마음이 아프다. 빈속에 차 타면 멀미헐까 봐 한 숟갈 뜨구 나오긴 힜는디두, 새차라서 그런가 속이 울렁거려 혼났다. 니 외삼촌은 자기 아들 자동차 비싼 거라구 은근히 자랑허더라만 내 눈에는 그게 그거 같더라.

들깨죽이라두 쑤어 갈라구 힜는디, 조카놈이 새벽같이 들이닥치는 바람에 빈손으로 그냥 갔지 뭐냐. 니 외삼촌은 지 마누라 아퍼서 그런지 시큰둥허더라. 언니랑 스무 살이 넘게 차이가 나니, 그리 가깝게 지낸 편은 아니지. 그리두 빈손으로 갈 수 읎어서 병원 앞에 있는 과일가

게서 복숭아 통조림허구 주스 한 박스 샀다. 요새 그런 거 먹지 않는다구 조카놈은 말리더라만 그건 지 생각이지, 이두 읎는 늙은이헌티 뭘 멕인다니. 찡그리구 서 있는 놈 손에 통조림 들려서 병원으로 들어갔더니 맨 아픈 사람들 투성이더구나. 어찌나 복잡헌지 조카놈이 데리구 가지 않었더라면 병실두 뭇 찾겄더라. 엘리베이터를 타구서두 한참을 올라갔으니 무지하게 큰 병원인 것만은 확실허더구나. 그런 병원에 데려간 걸 보면, 니 이모 자식 복이 아주 읎지는 않은 모양이더라. 병원두 아주 깨끗허구 간호사들두 친절해 뵈더구나. 웬만큼 아파서는 읍내 병원조차 안 가는 양반인디 으리으리한 병원 구경을 다 허구, 쓰러질 만두 허다구 얘기허면서 외삼촌허구 웃었다.

그 병실은 다 풍 맞은 사람들만 모여 있는지 모양새가 하나같이 비슷비슷허더구나. 다들 바짝 마른 곶감들 같어서 누가 누군지 알아볼 수가 있어야지. 니 외삼촌이 나보다 먼저 구석 자리에 누워 있는 이모를 발견허구 부르더구나. 가 보니 니 이모가 맞긴 헌디, 영 딴사람이 돼 있더라. 쳐다보긴 허는디 눈두 맞추지 뭇허구 다른 곳을 쳐다보며 웃지두 않더라. 며느리헌티 워치기 된 거냐구 물었더니, 깨어나긴 힜는디 말두 지대로 뭇허구 자식들만 간신히 알아본다는겨. 수족두 한쪽은 쓰질 뭇히서 오줌 똥을 받어내더라. 외삼촌허구 나허구 손 붙들구 암만 말을 붙여두 멍하니 쳐다보기만 허지, 왔느냐 소리 한 마디 뭇허더구나. 먹지두 뭇힜을 텐디, 부어서 그런가 몸은 왜 또 그렇게 퉁퉁헌지. 며

느리 부축허느라 어깨 결린다구 벌써부터 눈치 주더라. 보구 있자니 심
란히서 더 이상 말이 안 나오더라. 쓰러졌을 때 그냥 죽었으면 이 꼴 저
꼴 안 보구 좋았을 텐디, 저러구 얼마나 살지 걱정스럽다.

　그리두 그 언니가 날 막냇동생이라구 가장 이뻐힜단다. 열여섯에 옆
집 꺽다리 신랑헌티 시집가는 바람에 오래 같이 살지는 못힜지만, 먹
을 것만 있으면 날 멕이지 못히서 안달을 힜단다. 형제가 여럿이라두
그중 가깝게 지내는 형제가 따로 있단다. 언니나 나나 혼자 살다 보니
서로 의지가 되더구나. 과부 사정 과부가 안다구, 장이 갔다가 슬쩍 들
르기라두 허면 우리 언니 늘 맨발로 쫓아 나왔단다. 평생 얼굴 한 번
찡그릴 줄 모르는 사람이여. 이래두 좋구 저래두 좋은 사람인디, 하느
님이 무심한 것인지 언니가 복이 읎는 것인지 평생 신수 편허게 살지
못힜다. 나두 그렇지만 밥만 먹으면 그놈의 밭고랑서 호미질허는 게 일
이었으니께. 무슨 죄지은 사람처럼 허구한 날 엎드려만 살었으니 그 허
리가 멀쩡허겄냐. 이젠 굳어서 필 수두 읎구 퍼지지두 않는다더라. 나
모르는 고민이 있었는지 혈압 있다는 소리는 못 들었는디 넘어간 걸
보면, 그동안 쌓인 한이 터진 모양이다. 물두 오래 고이면 썩는디 하물
며 눈 코 입 달린 사람이야 오죽허겄냐.

　"나두 곧 따라갈 테니, 언니 하루라두 빨리 가"라구 한 마디 허구는
더 있기 싫어서 병원서 나와버렸다. 며느리가 밥 먹구 가라구 붙들긴
허더라만, 언니 꼴 보면서 밥이 목구멍으로 넘어가겄냐. 니 외삼촌더러

얼른 가자구 재촉히서 오다가 휴게소에 들러서 우동 한 그릇으로 때웠다. 뭣이 뵈는 것인지 돌아서 나오는디 언니가 멍한 눈으로 자꾸 문쪽을 쳐다보더라. 새끼들이 아무리 둘러싸구 있다구 히두 혼자 가야 헌다는 거 언니두 알구 있을 테지. 며칠만 더 앓다가 죽으면 호상일 텐디, 저러다 일 년 가구 이 년 갈까 걱정이다. 운신두 못 허면서 사는 게 무슨 소용 있겄냐. 니 이모 보니께 인생 참 잠깐이더라. 머리 따구 쑥 캐러 다니던 게 엊그제 같은디, 누워 있는 사람이나 서 있는 사람이나 저승 문앞에 서 있는 꼬라지라니…….

경황이 읎어서 니들헌티 즌화두 못허구 내려왔다. 서울 간다구 허면 공연히 번거로울 거 같어서 조용히 갔다 왔으니, 니들도 시간 내서 이모 한 번 들여다보거라. 그리두 이모인디 찾어가 보는 게 도리일 것이다. 우리 형제가 아홉인디, 니 큰이모 죽으면 셋을 잃는구나. 누가 먼저 죽을지는 모르겄지만 살어 있을 때 얼굴이라두 한 번 더 봐야 허는디, 하루가 여삼추라서 그런가 마음이 따라가질 못헌다.

최씨 고집은 아무도 못 말려

그 동네서는 우리 아배 경주 최씨가 떵떵거리며 살었단다. 성품이 워낙 호랭이 같기두 했지만 재산이 많으니께 누구두 함부로 허지 뭇헌 것이지. 조상으로부터 물려받은 땅두 어지간히 있었지만, 니 외할아배가 더 많이 장만했단다. 머슴을 셋이나 두었으니 동네서 알아주는 부자였지. 니 외할아배는 눈이 부리부리허구 짱짱허게 생겨서 웬만한 사람은 그 앞서 입두 지대로 떼지 뭇했단다. 옛날 같으면 장군감이었다. 한 자나 되는 긴 담뱃대에 잎담배를 말아 피우며 대청마루에 앉어 호령을 허면 쩌렁쩌렁헌 목소리가 동네 밖까지 들렸단다. 반면에 니 외할매는 작구 갸냘퍼서 물동이 하나 머리에 이지 뭇힜는디 호랭이 같은 남편허구 잘 지냈다. 그게 천생연분인지 참구 살어서 그런지는 모르겄지만 내외가 큰 소리 내는 것은 한번두 보질 뭇힜다. 우리 오매가 체구는 작아두 씀씀이가 넉넉히서 머슴들이나 식구들 차별 읎이 밥 히믹이구 그 식솔들까지 챙겨서 동네 인심이 나쁘지 않었다.

자구로 안식구 마음 씀씀이에 따라 그 덕이 천리 밖을 간다구 허지 않더냐. 불같은 아배 옆에 그런 오매가 있어서 집안이 그리 무탈힜던 모양이다. 가을걷이 헐 때면 온 동네 사람들이 우리 집에 와서 살었을 만큼 일손이 바빴다. 이백 근짜리 돼지 잡구 인절미 한 가마니 쳐서 잔치를 허면 인근 동네 그지들까지 몰려들어 벅적거렸단다. 그러니 누구나 우리 집 일이라면 너나 읎이 손 걷어붙이구 나서서 도와줬지. 우리 오매 자식 열하나를 키우면서두 그 큰살림을 끄떡 읎이 히낸 걸 보면 아배보다 더 통이 큰 사람이란 생각이 든다. 자식들헌티두 매 한번 든 적이 읎구 얼굴 한번 찌푸린 적 읎다. 뭐가 그리 이쁜지 암탉 병아리 품듯 끌어안구서는 늘 방실방실 웃었단다.

그 양반이라구 왜 사는 게 폭폭스럽지 않았겄냐. 불같은 남편 비위 맞추랴, 많은 새끼들 치다꺼리하랴, 논으로 밭으로 일허러 다니느라 그 작은 몸뚱이가 성한 곳이 읎었을 것이다. 내가 살아보니께 우리 오매 마음 알겄더라. 나는 우리 오매 반두 안 되는 농사를 짓구, 우리 오매보다 다섯이나 적은 자식을 낳았는디두 살아낸 것이 꿈만 같다. 웃는 날두 있었지만 외롭구 힘든 날이 웃는 날보다 더 많었다. 우리 오매가 매일 웃은 것은 새끼들 때문이었겄지. 새끼들 쳐다보며 찡그리는 에미가 워디 있겄냐. 보구 또 봐두 좋구 아까운 것이 새끼란다. 우리 오매두 워쩌면 나처럼 시집살이가 고되서 굴뚝 뒤에 숨어서 울기두 힜을 것이다. 혼자 실컷 울구 나서는 다시 방긋거리는 새끼들을 쳐다보며 살어야지 생각힜을 것이다.

시집오던 날 우리 오매가 내게 은비녀를 꽂아주더구나. 이리 보구 저리 봐두 동글납작허니 이쁘다구 새하얀 은비녀를 꽂아주며 최씨 고집이면 잘 살 것이니 걱정말라구 헸단다. 물론 우리 오매 말대로 나는 잘 살었다. 매일같이 웃는 얼굴로 산 것은 아니지만, 우리 오매만큼 살려구 노력은 헸다. 똑똑허구 현명허지는 못헸지만, 최씨 고집 하나로 무던히 참으며 소처럼 일헸다. 선비 같은 니 아배허구 사는 일이 그리 녹록지는 않었지만, 그리두 그 선비 같은 니 아배 그늘서 자식 낳구 키우는 일이 싫지 않었다. 니 아배헌티 무식허구 무뚝뚝허다는 소리는 들었어두 인정머리 읎구 매력 읎다는 소리는 듣지 않었다. 그러니께 평생 바람 한번 피우지 않구 죽을 때 내 손 잡구 죽었겄지.

니들 보기에 난 어땠는지 모르겄다. 내가 우리 오매를 기억허듯 환한 모습으로 기억되었으면 좋겄다. 열여덟에 시집을 왔으니 사실 고집 센 최씨는 말뿐이었다. 고집스럽게 산 것은 정작 이 씨헌티 시집와서 니들 낳구 산 세월이지 아무것두 모르던 처녀 적 시절은 아니었다. 그러구보니 나는 우리 오매보다 이십 년은 더 살구 있구나. 옛날 같으면 생각두 못헐 일인디 아직두 이리 팽팽허니 큰일이다. 앞으로 얼마나 더 살지는 모르지만 곱게 살다 죽어야 허는디 걱정이다.

엄마의 첫 해외여행은 공교롭게도 지진으로 대참사를 맞은 일본이었다. 석 달 전부터 여행계획을 세운 터라 갈 수도 안 갈 수도 없는 입장이었다. 이미 지불된 여행비도 만만찮았지만 해외여행을 간다고 동네방네 자랑했을 엄마를 생각하니 취소하자는 말이 쉽게 나오질 않았다. 그런데 공연히 부산떨어 노인네 헛바람들게 했다는 가족들의 염려 아닌 질책에 시달리고 있을 쯤, 엄마가 큼지막한 가방을 들고 아무렇지도 않은 듯 나타났다. 조금의 두려움과 망설임도 없는 표정이었다. 그것은 엄마의 결정이고 확신이었으며 생에 대한 벅찬 의지였다. 하여 우리는 떠났고 비행기를 타고 기차를 타고 가는 여행은 더없이 설레기만 했다.

엄마는 우리만의 독차지가 된 온천욕을 즐기며 천국이 따로 없다고 했다. 아이처럼 물을 휘젓고 다니며 깔깔깔 웃었다. 엎드려 접대하는 여관 종업원들의 친절에 천 원짜리를 쓱쓱 빼주며 또 깔깔깔 웃었다. 엄마가 자꾸만 웃었다. 나는 그 생경한 풍경을 바라볼 때마다 같이 웃어주는 것으로 용서를 빌어야 했다. 그리고 엄마를 하루 더 천국에 머물지 못하게 한 것을 후회해야만 했다.

외롭지 않은 것이 워디 있겄냐

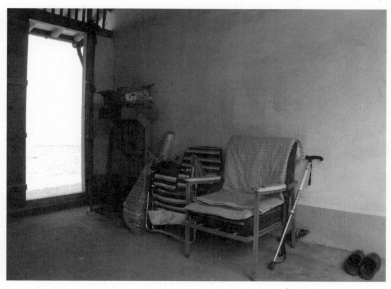

동짓달 눈

오늘은 하루 죙일 즌화가 한 번두 울리지 않더구나. 여섯 놈 중 한 놈이라두 즌화를 걸 텐디, 위쩐 일인가 싶어서 즌화기를 들어보았지만 고장은 아니더라. 지들 먹고살기 바쁘니 에미 생각헐 겨를이 읎겄지 싶다가두 즌화 한 통화 헐 쩜이 읎을까 싶은 게 서운허구나. 여름 같으면 논으로 밭으로 끌구 다닌 몸뚱이 방바닥에 뉘기 무섭게 한바다 건너갔을 텐디, 동짓달 내 밤낮으로 놀구 먹으니 잠은 오지 않구 공연히 자리허구 누워서 새끼들 순서대로 꼽아보는 게 일이다.

이 생각 저 생각으로 몸 뒤틀다가 새벽녘에 간신히 잠들었는디 밖에서 부릉부릉허는 차 소리가 나면서 누렁이가 또 지랄을 떨더구나. 삼일째 눈이 내려서 오두 가두 못허는디 누가 차를 끌구 지나가나 싶어서 나가보았다. 마당으로 통허는 방문은 아예 얼어붙어서 열리지두 않구 헛간으로 통허는 문을 열려구 나갔더니 웬걸 문이 또 열리지 않는겨. 이게 웬일인가 싶어서 문틈으로 밖을 내다보았더니 눈이 방문을 꼭 막았더라. 어제 아침부터 눈이 쏟아진다는 얘기는 들었지만 그렇게 많이 온 줄은 몰랐다. 눈 온다는 소릴 듣구 며칠 동안 문밖 출입 안 허구 테레비만 보구 살았더니 하마터면 눈 속에 파묻혀 죽을 뻔힜구나. 눈이나 비 오면 꼼짝 말구 집에 있으라는 니 오래비 엄포 땜에 입에서 군내가 나두 꾹 참구 지냈다. 지 딴엔 지 에미 걱정이 돼서 헌 소릴 테지만 요즘 같어선 마실가다 미끄러져 다리가 부러지는 한이 있어두 사람 구경히야 살지 뭇 살겄다. 이게 감옥이지 워디 사는 거냐.

그 시간 재만이가 차 끌구 지나다가 우리 수채에 빠지지 않었다면 아마 눈이 그렇게 많이 내린 줄 물렀을 것이다. 급한 김에 부엌이서 국자를 갖다가 눈을 퍼내구 간신히 방문을 열구 밖을 내다보았더니 시상에! 워디가 워딘지 분간을 뭇 헐 정도로 눈이 쌓였더구나. 비닐하우스허구 그 옆에 있는 사철나무가 폭 파묻혔더라. 나 혼자만 살아남아서 기어 나온 것 같더라니게. 기분이 좋은 게 아니라 저 깨끗한 것 속에 조용히 묻히는 것두 괜찮을 텐디, 사는 게 욕되는가 싶어서 공연히 서러운 생각이 들더라. 애면글면 사는 것보다는 소리 소문 읎이 눈 속에 조용히 묻히는 것두 괜찮지 싶더구나.

문은 열었는디 워디를 딛구 나가야 헐지 물러서 끙끙거리구 있는디 시커먼 것이 아주머니! 허면서 나타나더구나. 분명 차 소리를 듣구 나오긴 힜지만 느닷읎이 시커먼 물체가 달려오니 순간적으로 저것이 산짐승은 아닌가 히서 오줌을 다 지렸다. 바짝 보니게 재만이가 차 빠졌다구 삽을 빌려 달라는겨. 사람 알아보니 한편은 반갑구 한편은 삽을 찾아주자니 귀찮은 생각도 들더구나. 사람 밖에다 세워둘 수 읎어서 잠깐 방으로 들어와 몸이나 녹이라구 혔더니 빨리 읍에 나가 봐야 헌다구 급한 기색이 역력허더라. 그래서 방으로 들어가 주섬주섬 옷을 걸쳐 입구 다시 나와서 삽을 찾는디 워디다 뒀는지 생각이 나야지, 엊그제 마당 눈 치우구 쪽문 앞에 세워둔 것이 그렇게 생각이 안 나더라. 기억이 어제 다르구 오늘 다르다더니 꼭 내가 그렇구나. 결국 재만이가 삽을 찾아서 눈을 치우구 차를 뺐단다. 무슨 일인지는 모르지만 인사두 읎이 급허게 가는 것을 보면 그리 좋은 일은 아닐 성싶다. 그 집두 아무 걱정이 읎는디 아들놈 하나가 공부 안 허구 불량배들허구 몰려다녀서 걱정이란다. 그놈이 살려구 손톱이 까지도록 일허는 지 아배 쬐끔만 생각히두 그렇게는 안 헐 텐디. 암만 떠들면 뭐허겄냐, 지 새끼 길러봐야 부모 속 알지.

삽자루 놓기 무섭게 차에 올라타서 가는 걸 보니 맘이 짠허더라. 남 헌티 지 새끼 흉볼 수두 읎구, 그 속 타는 심정 누가 알겄냐. 그저 스스로 깨닫길 지다리는 수밖에.

재만이 트럭이 길을 내구 가는 바람에 눈 치우는 고생은 덜었다. 저절로 녹기 전에는 장 구경 가기 힘든디, 트럭 바퀴자국이라두 났으니 웃말로 마실은 갈 수 있겄다. 덕분에 며칠 동안 벌레 콩 한 말은 다 골라냈지만 눈 속에 파묻혀 소리 소문 읎이 죽는 것은 아닌가 겁났다.

누렁이

엊저녁은 어찌나 더운지 한숨도 못 잤다. 문 닫구 선풍기 틀어놓자니
위험헐 것 같구 열어놓구 자자니 무섭구, 밤새 앉었다 일어났다 허다
보니 새벽닭이 울더라. 니 아배 죽구 난 뒤로는 왜 그런지 문을 열어놓
질 못허겄다. 이 나이에 뭐가 겁나서 그러느냐구 헐는지 모르지만 왜
그런지 전에 읎던 무섬증이 생겼다. 이 외딴집에 밤손님이 찾아올 리
두 읎구 또 와봤자 광에 찧지 않은 벼 가마니허구 팔십 늙은이밖에 읎
는디 말여. 혹시 모르지, 워떤 놈이 쌀금두 모르구 벼 가마니에 욕심을
낼지 아니면 눈 흐려진 늙은 중이 나 좋다구 산에서 내려오면 모를까,
이가 스 말인 늙은이 살림 누가 욕심을 내겄냐. 그런디두 밤이면 무섬
증이 생기는 것은 뭔 조환지 모르겄다. 니 아배 옆에 있을 때는 대문이
구 쪽문이구 다 열어놓구두 해가 중천일 때까지 잘 잤는디. 사람 난 자
리가 이렇게 큰 줄 이제야 알었다.

잠깐 눈을 붙일라치면 그놈의 괘종시계가 땡땡거리는 바람에 놀라
서 눈이 번쩍 떠지구, 또다시 앉은 채로 가만히 눈을 감구 있으면 냉장
고가 냅따 윙 허구 돌아가는겨. 늘상 듣는 소린디두 밤이면 그것들이

엄마는 모든 개를 누렁이라 부른다. 정이 많아 바람둥이 소리를
듣는 누렁이, 엄마가 어딜 갔나?

요상한 소리로 들리니 내 귀가 말썽이 난지두 모르겄다.

엊저녁에 더 심난증이 난 것을 보면 누렁이가 죽은 듯 조용히서 그릤던 모양이여. 밤마다 서너 차례씩은 시끄럽던 놈이 엊저녁엔 초저녁부터 가뭇읎길래 저것이 더위를 먹어서 그런가 히서 모른 척혔다. 며칠 전부터는 지 집서 안 자구 감나무 근처에다 땅을 파놓구 거기서 자더라. 어제두 당연히 거기 있는 줄 알구 확인 안 힜다. 밥이야 지 집 앞에다 놔주면 지 먹구 싶을 때 기어 나와 먹으니 신경 쓸 거 읎구. 그런디 암만 생각히두 이상헌거. 아무리 더위에 지쳐두 그렇지 내 건너 금암리서 개들이 그 난리를 치는디두 누렁이가 꿈쩍을 안 허더라. 생전 그런 일 읎었는디. 아무래두 이상히서 서너 시쯤 방문을 열긴 열었다. 근디 문 열기가 무섭게 등줄기서 식은땀이 쫙 솟는 게 눈앞이 캄캄히지더라. 그믐이라 시커먼 어둠밖에 읎는디 그것이 그렇게 무서운거. 하루 쬥일 엎드려 일허는 고추밭, 감자밭이 무서워 밭을 못 나간다는 게 말이 되냐. 나이 들면 어린애가 된다더니 내가 그런 모양이다.

안절부절못허다가 날이 밝은 뒤 밭에 나가보았더니 개집이 비었더구나. 그 시간에 워디 갈 디가 읎는디, 밤새 잔 흔적두 읎구, 이것이 엊저녁 도망갔을 리두 읎구, 혹시 도둑놈이 훔쳐간 것은 아닌가 히서 여기저기 둘러봤지만 그런 흔적은 읎더라. 인심이 사나우니 개 도둑이 극성을 떤다는 소리는 들었지만 예까지 와서 그런 짓을 허겄냐 싶더구나. 아침두 거르구 논으로 밭으로 누렁이를 찾아다녔다. 내가 가는 곳

저렇게 졸다가도 엄마가 "누렁아, 가서 쥐 잡어" 그러면 어디론
가 달려가서 쥐를 잡아다 엄마 앞에 놓는다.

이면 워디던지 쫓아오는디, 시간 반 이상을 헤매구 다녀두 보이지 않더구나. 진창에 빠져 죽은 것이 분명허다 싶어서 그냥 허적거리며 집으로 돌아왔다. 죽은 영감만은 못허지만 그리두 그것이 허접깨비 같은 집구석서 온기를 느끼게 허는 유일한 것인디 혼자 남았다 생각허니 대번에 다리에 힘이 빠지더라. 그런디 물 한 바가지 퍼 마시구 마루에 한참을 나자빠져 있는디 대문으로 누렁이가 끼죽끼죽 들어서는겨. 화가 워치기나 치미는지 나두 모르게 신발짝을 벗어 던지며 냅따 소리쳤다.

"저 죽일 년! 워딜 갔다 이제 들어온댜. 너 또 바람난겨! 새끼 낳은 지 얼마나 됐다구 또 지랄이여!"

누렁이년 헐 말이 읎는지 말그래미 쳐다만 보더라. 몸뗑이가 엉망인 걸 보니 밤새 뒤튼 게 분명혀. 죽일 년, 아무리 짐승이라지만 지조라구는 눈곱만큼두 읎어. 내가 더 이상 새끼 낳지 말라구 그렇게 일렀는디, 그새를 못 참구 또 서방질허러 나간 걸 보면 타구났어. 승질 같어선 개밥그릇을 엎어놓구 싶었다. 허지만 워쩌냐, 짐승허구 한 약조니 바락바락 우길 수두 읎구, 짐승허구 약속한 내가 어리석지. 그리두 돌아왔으니 고맙다 싶은 생각에 찬밥에 새우젓 풀어서 한 바가지 들이밀었다.

주리랄년! 얼마나 기운을 뺐는지 밥 처먹자마자 비닐하우스로 기어들어가 나자빠지더라. 사람이나 짐승이나 혼자 산다는 것이 쉬운 일은 아닌 모양이다. 이 집구석서 외롭지 않은 것이 워디 있다구…….

벼락

애야, 나 오늘 죽다 살아났다.

조상님이 도왔는지 하늘이 도왔는지 아무튼 죽다 살아난 걸 보면 아무래두 천운을 타구난 것이 틀림없다. 아침 먹구 연속극 보구 났으니께 열 시가 못 됐을 것이다. 밤새 비가 퍼붓더니 아침나절엔 좀 참허더라. 감자 캐놓구 강낭콩 걷어났으니 크게 헐 일두 없구 히서 슬슬 비닐하우스에나 가볼까 나갔다.

엊그제 붉은 고추 한 말 따서 하우스 안에다 말리는 중인디, 한번 뒤집어 놔야 헐 것 같아서 말이다. 그런디 비가 그치는가 힜더니 또 천둥번개를 치면서 퍼붓기 시작허는겨. 워째 갈수록 장맛비가 더 극성스러워지는 것 같더라. 전에는 비가 내려두 심심찮을 만큼 쏟더니, 요샌 아주 분간 없이 지랄 떠는 시에미마냥 예측 못 허게 쏟아지니 코앞에 있는 밭에 갈 때두 우산을 챙겨야 헌다니께.

해만 좋으면 비닐하우스 안이 고추 말리는 디 최고란다. 고추 농사 많이 짓는 사람들은 즌기로 한꺼번에 말리지만, 우리처럼 식구들 먹을 만큼만 짓는 사람들은 태양 볕에 고추를 말리니 근강에는 더 좋을 것이다.

비가 그렇게 많이 내렸어두 비닐하우스 안은 후끈후끈허더라. 엊그제 장이 나가서 비닐 두 마 사다가 덮었더니 비 한 방울 새지 않는다. 니 아배 살아생전 얼마나 튼튼허게 만들었는지 십 년이 다 됐는디두 끄떡없구나. 거기서 일허면 겨울엔 춥지 않어서 좋구, 여름엔 비 맞지 않어서 그만이지. 앞일을 생각히서 그렸는지 니 아배가 어느 해 여름 그 불편한 손으로 내 잔소릴 들어가며 하루 꼬박 걸려 지었단다. 해마다 찢어진 비닐만 갈아주면 내 평생 쓰구두 남을 집이다.

예상대로 고추는 잘 마르구 있더구나. 젖었던 강낭콩두 한 이틀만 더 말리면 될 것 같구. 니들 가져가구 남은 감자는 지나가는 사람들 퍼주면 그만이지 싶어서 박스에 담아놓지두 않았다.

고추 한번 뒤적거린 뒤 쇠뜨기 한주먹 뽑아가지구 나올 양 엎드렸는디, 무엇이 꽝 허면서 번쩍허더니 대번에 하우스 안이 시뻘게지더구나. 이게 뭔 일인가 싶어서 죽기 살기로 하우스 안에서 도망쳐 나왔다. 그것이 벼락인지 뭔지 생각할 겨를두 없었다. 그리구 내가 뭔 죄를 지었길래 벼락을 맞었냐. 난 평생 넘헌티 욕먹을 짓 안 허구 살았다.

집 안으로 도망쳐 방문 고리를 잡으니께 전기가 지직거리는겨. 아무래두 벼락이 손끝을 피해간 것 같더라. 한참을 나자빠져 있다가 정신을 차리구 보니께 죽지는 않았더라. "아이구! 여보 고마워요" 소리가 저절로 나오더구나. 벼락 맞구두 죽지 않으면 무병장수헌다는디, 니 아

비닐하우스는 엄마의 특별한 별채다. 지금은 리어카가 서 있지만, 전에는 휠체어를 탄 아버지가 그곳에서 엄마의 일하는 모습을 지켜보았다.

배 명이 나헌티 온 게 아닌가 싶다.

한편으론 내가 얼마나 독허면 벼락을 맞구두 죽지 않었나 생각허니 픽 허구 웃음두 나오더라. 말이 그렇지 이 장마 통에 초상이라두 났으면 워쩔 뻔했냐. 그보다 자식들 체면은 또 워쩌구. 내 부모 벼락 맞아 죽었다구 어떻게 부고장을 돌리느냐 말여. 내가 빨리 하우스를 빠져나왔으니 망정이지 쪼끔만 몸이 둔혔어두 아마 뭔 일을 당했지 싶다. 그 순간 워디서 그런 힘이 나왔는지 몸이 날더구나.

놀란 가슴 쓸어내리며 찬물 한 사발 마시구 나서야 정신이 번쩍 들었다. 챙피히서 이 사실을 누구헌티 말헐 수두 없구 뜬눈으로 밤을 지샜는디, 새벽녘에 막내아들이 별일 읎느냐구 즌화가 왔더라. 나두 모르게 그 얘기를 힜더니 그놈이 글쎄 배를 잡구 웃는겨. 지 에미가 벼락 맞아 죽을 뻔했다는디 걱정은 고사허구 우리 오매 백 살은 살겠다구 되려 놀리잖냐. 아직까지 무서워서 하우스 근처에는 가보지두 못힜다. 고추가 무사헐지 모르겠다. 초벌고추라서 맛이 좋을 텐디. 올 같은 여름은 평생 즘이다.

된장 맛

왜 된장 가져다 안 먹냐. 다른 애들은 먹을 만허다구 몇 번씩 퍼갔는디, 이 서방이 맛읎다구 가져오지 말라더냐? 꼬치장은 사 먹어두 된장은 집 된장이 낫다구 허던디. 꼬치장은 달달히서 쌈 싸먹기 좋은디, 된장은 싱거워서 그런지 찌개 끓여두 떨떠름헌 게 영 제맛이 안 나더구나. 여름에 누군가 먹어보라구 쌈장인가 뭔가허구 꼬치장 사놓구 갔길래 시금치 넣구 끓였다가 숟갈 안 가서 개밥에 쏟아줬다. 이튿날 보니 장국이라면 환장을 허는 누렁이두 홀랑 쏟아버렸더라. 사람 입에 맛읎는 음식은 짐승두 먹기 싫은 모양이여. 전 같지 않구 사람이나 짐승이나 먹을 게 넘쳐나니 몸에 좋구 맛 좋은 음식들만 찾더구나. 테레비만 틀면 뭔 음식이 좋다구 그리 떠들어대는지, 이것두 좋다 저것두 좋다, 어느 장단에 춤을 춰야 헐지 모르겠더라. 그 음식 다 먹는다구 천수를 누리는 것두 아닐 텐디, 읎어 뭇 먹는 사람들은 그걸 보면 얼마나 서글플 것이냐. 너무 먹어서 병들지 굶어서 병드는 법은 읎단다. 이 방송 틀어두 먹을 거, 저 방송 틀어두 먹을 거만 나오니, 노인네들조차 배가 북통만 히서 다니지. 그리들 먹어놓구는 또 살을 뺀다구 굶거나 약을 먹으니 뭔 조홧속인지 모르겠다.

아마 옛날같이 먹으라구 허면 요즘 애들 난리를 칠 것이다. 그때는 워낙 먹을 것이 부족허던 시절이라 장작불에 끓인 된장찌개랑 보리밥 한 그릇이면 호사였단다. 그것두 못 먹는 이웃들이 많아서 굴뚝에 연기 피우는 집이 그렇게 부러울 수가 없었지. 사과 쪼가리허구 고기 맛은 명절이나 돌아와야 구경했다. 온 얼굴에 허옇게 버짐이 피구 배꼽이 튀어나올 것처럼 허구 다녀두 멕일 것이 없었단다. 뱃속서 회가 아무리 요동을 쳐두 삼시 세끼 된장 끓여 밥 먹는 것만으로두 감지덕지하야 했다. 그리두 못 먹어서 죽었다는 사람은 그리 흔치 않았다. 보리밥에 나물만 먹어두 살 수 있는 게 사람이라구 허지 않더냐.

전에는 콩을 대여섯 말씩 쑤어 된장 담가두 모자랐는디, 요새는 두 말 힜는디두 자꾸 남는구나. 뒤란 항아리 속에는 재작년에 먹던 된장이 그냥 있다. 묵은 된장이 맛있다구 히두 애들은 새로 담은 된장만 퍼 가더구나. 아까워서 내가 먹기는 허는디, 혼자 먹으니 줄지두 않아. 나두 입맛이 변한 것인지 찌개를 끓여두 옛날 맛이 지대로 나지 않더구나. 니 아배 살아서는 풋고추허구 멸치 두어 개만 넣어 끓여두 그렇게 맛있었는디, 요즘은 좋다는 버섯에 두부에 고기를 넣어두 지 맛이 안 나더구나. 한겨울에 딸기 먹구, 수박 먹는 시상이니 된장 맛이라구 변허지 않겠냐. 언젠가 테레비에서두 우리나라 사람들이 너무 짜게 먹어서 위장병이 많다구 허더라. 그게 다 된장허구 꼬치장을 많이 먹어서 그렇다는겨.

시상이 바뀌구 변허니 사람두 바뀌구 먹성두 달라져야 허겠지. 그리두 내가 사는 날까지는 된장독 비워둘 수 없는디, 올부터는 메주 쬐금만 쑤어야겠다. 혹시라두 내가 어찌되면, 너라두 묵은 된장 버리지 말구 갖다 먹어라. 너무 짜다 싶으면 햇된장허구 섞어서 강된장을 만들면 쌈 먹기 좋단다. 많으면 햇빛 잘 드는 베란다에 항아리 내놓구 꼭꼭 눌러놓은 뒤 모시 천으로 잘 덮어놔야 탈이 나지 않는단다.

올해두 생각 없이 또 메주콩을 많이 심었구나. 밭 한 고랑 덜 심는다는 걸 그만 깜빡혔다. 손에 뭔 씨만 들면 나두 모르게 자꾸만 욕심이 생기는구나. 남으면 내다 팔지 뭘 걱정이냐. 그나저나 콩밭이 워찌 저리 푸르다니. 꽃이 실한 걸 보니 올해는 작년보다 콩이 더 많이 나오겠다. 두부두 히먹구 청국장두 띄워 먹구 허면 되지. 다음 주에 된장 가지러 집에 한 번 안 내려올래?

염소 한 마리

시상 인심 사납다구 히두 시골 인심까지 그리 사나울 줄 누가 알았 겄냐. 생각헐수록 원통히서 살맛이 안 난다. 그게 워떤 염소라구! 그걸 도둑질히 갔다니!······ 니 동생이 말려서 경찰서에 신고는 안 힜는디 암만 생각히두 잘못헌 거 같다. 당장이라두 신고히서 그놈들 잡어다가 손모가지를 자르던지 히야 분이 풀릴 것 같다.

그 염소 니 오래비가 집에 짐승 읎어 적적허다구 십오만 원 주구 사 준 것이다. 종영이네서 젖을 떼 품에 안구 올 때는 내가 지 에민 줄 알 구 어찌나 가슴팍을 파고들던지, 아랫목서 그놈허구 내리 석 달을 같 이 먹구 자구 정이 들었다. 말이 짐승이지 한 이불 덮구 같이 밥 먹어 서 그런지 꼭 사람새끼처럼 느껴지더라. 목줄 맬 것두 읎었다. 내가 논 으로 가면 논으로 따라오구 밭으로 가면 밭으로 따라오구. 매미야! 허 구 부르면 딴짓허다가두 지 에민 줄 알구 쏜살같이 달려와서는 반가 워 죽는다구 비벼댔단다.

전에는 외양간에 소가 두 마리나 있었구, 울이 꽉 차도록 돼지새끼들 두 들끓었단다. 집 구석구석에 짐승들이 발길에 채여 귀한 줄 몰렀는

나뭇간에는 아직도 이십여 년 전에 해놓은 장작과 솔잎이 있
는데, 쥐가 들끓어서 누렁이 두 마리의 놀이동산이 되고 있다.

디 달랑 염소새끼 한 마리 있으니 니 막냇동생을 본 것처럼 애틋했다.

나랑 그렇게 산 놈이 새끼까지 뺐으니 오죽 기특허냐. 요새는 염소 값두 올라서 새끼 한 마리에 삼십만 원이 넘는다구 허더라. 그리서 한 서너 마리 낳기를 은근히 기대혔다. 영양실조 걸리지 말라구 아침부터 그놈 끌구 나가 좋은 풀밭만 골라 다녔다. 풀이 모자랄 때는 콩 포기랑 고구마 줄기까지 잘라다 멕이면서 정성을 쏟았는디······. 하루아침에 도둑을 맞었으니 입이 타서 말이 안 나온다.

워쩐지 엊저녁 꿈자리가 심상치 않더라. 글쎄, 간밤 꿈에 우리집 헛간으로 웬 그지 한 사람이 다리를 절룩거리며 들어서는겨. 입성을 보니 영락없는 그지여. 한쪽 어깨에 시커먼 바랑을 둘러메구 지팡이를 짚구 있었는디 바깥으로만 돌었는지 바짝 마른 얼굴이 숯처럼 검더구나. 순간 등줄기가 서늘히지면서 어찌나 가슴이 두근거리던지, 근래는 통 보이지 않던 그지가 나타났으니 놀라지 않을 수 읎었다. 금방이라두 쓰러질 듯 비칠거리며 뭐라구 소리는 치는디 당최 알아먹을 수가 있어야지. 전 같으면 나가라구 소리라두 지를 텐디 목구멍이 꽉 막혔는지 통 열리지 않는겨. 들어오지 말라구 내내 손짓허다가 깜짝 놀라서 깼다.

별일 있겄나 싶었다. 한숨 더 자구 일어나 대문 열구 밖으로 나갔더니 마당에 큰 바퀴자국이 나 있는겨. 내가 리어카 자국허구 차 바퀴자국을 구별 못 허겄냐. 그때서야 뭔 사단이 났구나 싶은 게 가슴이 철렁 내려앉더구나. 생각헐 것두 읎이 곧장 매미가 잘 있나 달려갔지. 아니나 다를까, 매미가 흔적두 읎이 사라졌지 뭐냐. 츰이는 행여나 히서 집 둘레 여기저기 찾아봤다. 들까지 뛰어가 봤지만 아무 디두 읎더라. 그제서야 이거 손 탔구나 허는 생각이 들더라. 차라리 날더러 돈을 달라구 힜으면 있는 돈 다 털어주었을 것이다. 노인네 혼자 사는 거 쪼끔이라두 생각헌 놈 같었으면 그런 짓 안 힜을 텐디, 필시 처자식두 읎이 혼자 사는 놈 짓일 것이다. 무서운 것이 사람이라더니 시상 참 무섭다.

애야, 난 요즘 아무 사는 낙이 읎다. 집 밖으로 나가기두 싫다. 매미가 워디서 자꾸만 부르는 것 같어서 정신을 차릴 수가 읎어. 공연히 논두렁 밭두렁 돌아다니다가 너희들 걱정시킬까 봐 숫제 나가지 않는다.

니 오래비가 또 사줄 테니 걱정허지 말라구 허더라만, 사람 맴이 워디 그러냐. 그 정이 하루아침에 읎어지겄냐. 이젠 짐승 키우기 싫다. 정 붙이는 게 무서워…… 이 나이에 누구랑 정 붙이면 저승 갈 때 떼놓구 가기만 힘들 거 아니냐.

논 세 마지기

넘들은 욕심이라구 허지만, 농사꾼이 두 팔 놓구 땅 놀리는 게 더 문제라구 생각헌다. 아퍼서 누워 있으면 모를까, 멀쩡한 몸으로 탱자탱자 놀면서 입에 밥 들어가기 바라면 안 되지. 더구나 땅은 씨만 뿌리면 표시를 내는디 왜 놀리냐 말여. 우리 논 옆에 그 하천 말이다. 그 하천을 읍에서 논으로 만들어 농사 지어두 좋다는 얘기가 있었단다. 있는 논두 도지를 주긴 힛지만, 그 하천이 좀 평평허구 기름지냐. 그리서 내가 반장을 통해 하천 사용료를 읍에 내구 개간 허가를 받았다. 그걸 놓구 동네서들 한마디씩 허더구나.

늙은이가 지켜 앉아 억척을 떠니 누군들 욕심이라구 허지 않겄냐. 그러거나 말거나 새벽부터 포클린 기사 따라다니며 논을 만들었다. 알토란 같은 세 마지기 논을 하루 만에 만들었으니 나두 참 대단허지. 쌀 나오는 거 생각허면 그까짓 거 몇 푼 되느냐구 허겄지만 논이 세 마지기면 결코 적은 땅이 아니란다. 옛날 같으면 그 논으로 열 가족은 먹구 살았을 것이다. 니 아배랑 나랑 논 한 마지기 장만허느라구 그 고생헌 걸 생각허면 그깟 논 세 마지기라구 무시헐 수 읎지.

그때는 지금처럼 쌀이 많이 나오지두 않았다. 한 마지기에 겨우 쌀 서너 가마 나왔으니, 웬만큼 농사를 짓지 않구는 식구들 밥 먹구 돈 만들어 쓰기 힘들었단다. 그러니 농사꾼이 논 넓히구 땅 사는 일처럼 기쁘구 행복한 일은 읎었단다. 손톱이 까지구 발톱이 나가떨어져두 땅 사는 재미로 살었지. 내가 시집왔을 때만 히두 우리집 큰 부자는 아니어두 웬만큼 살었다. 내 친구들두 날더러 시집 잘 간다구 은근히 부러워힜다니께. 니 외할아배가 사람 시켜서 다 조사히보구 한 혼사였으니 아주 엉터리는 아니었단다. 갈이면 광에 벼가 천정까지 차 있었으니께 굶을 걱정은 읎겄다 싶더라. 물론 밥은 안 굶었지만 그리두 많은 식구들허구 그리 배부르게 먹은 것 같지는 않다. 하루에 한 끼는 고구마로 때운 날이 많었으니께 말이다. 그보다 시동생들이 분가헐 때마다 땅이 한 자락씩 읎어지더라. 그렇게 팔구 남은 땅이 지금의 선산과 논밭이란다. 너희들 공부시키느라 처분한 땅까지 합하면 꽤 많을 것이다. 그때 판 논밭이 아까운 것인지, 누구네 땅만 판다구 허면 욕심이 나는구나.

한 십 년만 젊다면 동네 남는 농사 채 다 걷어다 짓구 싶다만, 마음뿐이지 그게 워디 가능한 일이겄냐. 허지만 오늘 만든 논은 암만 생각히두 잘헌 일 같구나. 물론 등기상으로 내 땅은 될 수 읎지만, 땅이 워디로 사라지지 않는 이상 사용료만 내면 언제까지 농사를 지을 수 있으니 그게 워디냐. 내가 콜라허구 빵까지 사다 주며 포클린 기사헌티 잘 부탁헌다구 혔더니 시키는 대로 아주 모양 나게 논을 맨들었구나. 젊은 애가 어른 어려운 줄 알구 고분고분허니 괜찮더라. 요즘 애들 잘 못 건드렸다가는 봉변 당허기 일쑨디, 반장허구 먼 친척이라더니 어려워서 그렸는지 할머니 위험허니께 조심허라구 몇 번을 챙기더라. 장마철에 둑이 무너지면 한 번 더 와서 만져준다는 약속까지 허구 갔다. 이제 물 넣구 몇 번 갈아 줘야 제 모양이 날 것이다. 첫해라서 농사가 잘 될지는 모르겠지만, 이제껏 쉰 땅이라 씨알이 굵을 거란 생각이 든다. 모판두 아주 파란 것이 비 오구 나면 슬슬 모내기 헐 준비히야 되겠다. 올해는 병충해 덜한 신품종으로 바꿨는디 밥맛은 어떨지 모르겠다. 내달 열하루쯤 모내기헐까 허는디, 시간 되면 니 동생들허구 내려오너라. 모처럼 논두렁에 둘러앉아 밥 먹으면 맛있을 것이다. 내가 겉절이두 허구 조개젓두 무쳐놓을 테니 너는 아무것두 사오지 말구 그냥 오너라. 혹시…… 시장 갈 일 있거든 바나나 몇 개 사오던지.

텔레비전

둘째가 온다구 히서 아침부터 지다리구 있었다. 얼굴 본 지 한참 되긴 힜는디 특별한 일 읎이 웬일인가 싶었다. 그애가 진급을 허더니 툭 허면 해외로 출장을 나가구 일요일두 바쁘다더라. 새끼가 셋이나 되니 부지런 떨지 않으면 먹구살기 힘들 테지. 며느리가 한 날은 애비 얼굴 보기 힘들다구 시에미헌티 푸념허길래 내가 달랬다.

"물갈 때 배 간다구, 돈두 한철이란다. 딴짓 허는 거 아니면, 몸이나 신경 써주구 잔소리허지 말어라. 애들 셋 대학공부까지 시키려면 니 서방 똥줄 빠지게 일히야 될 거 아니냐."

며느리두 그걸 모르구 나헌티 지 서방 흉을 봤겄냐, 공연히 시에미헌티 당신 아들 잘났다구 자랑허려구 그맀을 테지.

둘째는 허튼짓 헐 애가 아니다. 니 아배 닮아 인물이 잘나긴 힜지만, 그리두 맘이 고정허구 지 새끼들 끔찍허게 생각히서 절대로 딴 생각은 못헐 것이다.

혼자 온다니께 무슨 일이 있나 싶은 게 더 궁금허더구나. 이제나 저제나 올까 히서 들에두 못 나가구 그냥 테레비 앞에 앉아 있는디 열 시가 넘으니께 차 들어오는 소리가 나더구나. 나가봤더니, 아들 차가 아니라 짐을 실은 큰 트럭이 우리 마당에 서 있는겨. 집을 잘못 찾아온 것은 아닌가 히서 누구네 찾아왔느냐구 물어봤더니, 종이쪽지를 꺼내주면서 832번지냐구 묻더구나. 아들이 테레비를 배달시켰다구, 읍내 대리점에서 왔다는겨. 아니, 멀쩡한 테레비 있는디, 암만 히두 믿을 수가 있어야지. 아무것두 모르구 덜컥 물건부터 들여놨다가 봉변당헐 것 같아서 물건 내리지 못허게 힜다. 그 아저씨 씩씩거리며 할머니 의심두 많다구 허면서 무작정 테레비를 내리더라. 그때 마침 아들이 오더구나. 웬거냐구 물었더니 테레비가 작어서 하나 샀다는겨. 그게 웬일이라니!

테레비가 어찌나 큰지 방 안에 꽉 차더라. 두 사람이 끙끙거리며 들어다 놨다니께. 수월찮이 비쌀 텐디 그건 뭐허러 사가지구 왔는지, 돈을 냈다니 돌려받을 수두 읎구, 그놈이 좌우지간 통은 큰 놈이여.

즘심 먹을 새두 읎이 안테나 잡느라 지붕에 올라갔다 내려왔다 허다가 그냥 집에 갔단다. 에미 그거 사다 줄라구 바쁜디 잠깐 들린 것이랴. 약속 있다구 히서 붙들지두 못허구 그냥 보내긴 힜는디 배고파서 어쨌나 모르겠다. 그나저나 테레비가 저렇게 큰 것두 있구나. 그게 벽 하나를 다 가로막았다. 소리두 크구 사람 콧구멍 속까지 훤히 보인다. 사람 맴이 간사허다구 먼저 테레비를 어떻게 봤는지 볼수록 신기허구나. 테레비 속 사람이나 나나 크기가 똑같어 보인다. 먼저 보던 테레비는 위채 대청마루에다 갖다 두었다. 그것두 작어서 그렇지 고장 나진 않았

둘째아들이 사준 32인치 텔레비전. 드라마 보는 시간에는 새끼들 전화도 안 받는다.

으니 너희들 여름에 오면 대청에서 보면 될 것이다.

그 테레비 쳐다보다가 오늘은 저녁두 여덟 시에 먹었다. 시간 가는 줄 모르겠더라. 영감 읎이는 살어두 테레비 읎이는 못 산다더니 내가 딱 그짝이구나. 초저녁부터 열한 시 넘어서까지 테레비 앞에 앉아 있으니, 밥은 안 먹어두 그거 읎이는 진짜 못 살 것이다. 그거 앞에만 앉아 있으면 시간이 가는지 배가 고픈지 아무 생각이 안 나.

난 매일 허는 연속극허구 인간극장이 재밌더라. 코메디허구 노래 프
로는 무슨 소린지 물러서 안 보구, 뉴스는 더러 보는디 그것두 잘 못 알
아먹으니 재미가 읎다. 연속극 안 보면 노인정에 가서두 헐 얘기가 읎
어. 밤새 잠들을 안 자는지, 모르는 연속극이 읎단다. 연예인들 사정두
워찌 그리 잘 아는지 누가 몇 살이구, 누가 결혼을 힜는지 안 힜는지, 누
가 누구랑 연애질허다 갈라섰다는 둥 그쪽엔 완전 박사들이란다. 나
두 웬만큼은 아는 거 같은디 그 노인네들헌티 비허면 어림두 읎다. 이
제 테레비두 새로 바꿨으니 나두 꿀릴 거 읎다. 노인정에 있는 테레비
보다 우리 테레비가 훨씬 클 것이다. 색깔두 어찌나 곱게 나오는지, 아
까 연속극에 나왔던 워떤 여편네 입은 원피스 색깔 참 이쁘더라.
　애야 나는 잠 잘라면 멀었는디, 공연히 졸린 너 붙들구 잔소리허는
거 아닌지 모르겄다. 니 집 테레비는 얼마나 크냐. 전에 봤던 그 테레비
아직두 그냥 보냐. 애들 다 크구 애비는 늦게 들어올 테구 너두 바쁘게
돌아다니니 테레비 볼 새 읎겄지. 공연히 돈 들여 새로 사지 말고, 나 죽
거든 니가 이 테레비 가져가거라. 내가 아주 깨끗허게 쓰마.

누렁이 새끼 검댕이

집 뒤껼서 감자밭을 매구 있는디 검댕이가 그렇게 짖어대더구나. 저 씨부럴놈의 개가 그새 또 발정 났나 싶어서 쳐다두 안 봤다. 외딴집이라 사람 구경허기 힘든디 뭔 놈의 개새끼들은 그렇게 꼬여 쌌는지, 검댕이 인물 좋다구 바깥 동네까지 소문이 돈 모양이여. 그렇지 않다면 워치기 알구 그놈들이 하루가 멀다 허구 여기까지 찾아오겄냐. 아마 지금두 마루 밑창에 검댕이 새끼 대여섯 마리는 있을 것이다. 어느 때 들여다보면 쥐새긴지 개새긴지 마루 밑창 가득 꼬물거린다. 장에 내다 팔아야 삼천 원두 안 주는디, 검댕이를 묶어둘 수두 읎구 찾아오는 개들을 쫓을 수두 읎구, 내가 먹는 밥보다 개들이 처먹는 밥이 더 많다. 허지만 워쩌겄냐 그것들두 생명이라구 좋아서 뒹굴구 새끼 낳구 허는디.

전에 있던 누렁이두 아마 한 육 년 살다 죽었지. 그동안 난 새끼 수를 생각허면 이 동네 사람들보다 많을 것이다. 마실 가면 다 비슷비슷허게 생긴 것이 모두 우리 검댕이 새끼들이여. 동네 사람들이 나더러 환용오매는 본래부터 짐승을 잘 기른다구 허더라만 그것두 모르구 허는

한 번만 더 순영이네 검댕이 만나면 쫓겨날 줄 알아!

소리다. 농사일 바쁜 내가 그놈들 지대로 거둘 시간이 워디 있다니. 먹다 남은 밥이나 갖다 부어주면 그만이지. 넘들처럼 쓰다듬어주길 혀, 빗질 한번을 히줘. 웃말 종룡할매는 아예 이불 속서 같이 자더라. 우리집에 개 씨가 마르지 않는 것은 집터가 좋아서 그렇지 내 손길이 좋아서 그런 것은 아니다. 난 개 별루 좋아허지 않는다. 적적허니께 헐 수 읎이 집 지키라구 키우는 것이지. 워디 사람 정만 허겄냐.

한번은 장이 갔다 왔는디 검댕이가 마당에 읎더라. 나갔다 오면 길길이 뛰며 한바탕 난리를 치는디 말여. 그새 또 바람이 났나 히서 츰이는 대수롭지 않게 생각힜다. 근디 가만히 생각허니께 워째 기분이 이상혀. 왠지 니 아배 나갔다가 안 돌아온 것마냥 마음이 거시기헌 게 영 안 좋은겨. 사람의 직관이란 것이 무섭더라. 검댕이가 밤새 짖어두 내다보지 않는디, 그날은 필시 뭔 사고가 났다는 예감이 들더구나. 심난허게 집 근처를 한바퀴 돌면서 검댕아! 검댕아! 암만 불러두 가뭇읎더라. 집 뒷산으로 밭으로 논으로 내까지 뒤졌는디 읎는겨. 필시 손을 탔구나 싶어서 체념허구 대문 앞에 앉아 있는디. 워디서 쌕쌕 허는 소리가 들리더라. 필시 검댕이다 싶어서 소릴 따라갔더니 글쎄 이놈이 무수 구덩이에 빠져서 나오질 뭇허구 있는겨. 무수 묻을려구 구덩이 파놓구 볏짚으로 슬쩍 덮어놨더니, 그 속에 빠질 줄 누가 알었냐. 이놈이 날 보더니 살려달라구 어찌나 발버둥을 치던지 주뎅이에 거품이 허옇게 일었더라. 그 속이서 살려구 얼마나 몸부림을 쳤겄냐. 꺼내서 안아다가 츰으로 아랫목에다 눕혔다. 지 딴엔 죽다 살아났는지 한참 동안 벌벌 떨면서 날 빤히 올려다보더구나. 나두 지치구 피곤히서 그놈허구 아침에 먹던 미역국 뎁혀 먹구는 그냥 잠들었다. 아침에 눈을 뜨니께 이놈이 내 가슴팍에 안겨 있는겨. 징그러워서 얼른 내쫓아버렸다. 쬐꼼 만 잘히주면 안방 내달라구 헐 놈이여. 이제 저것두 늙어서 새끼는 그 만 낳아야 헐 텐디, 기력이 딸리는지 요샌 밥 먹는 것두 신통치 않더라. 사람이나 짐승이나 늙으면 워쩔 수 옰지, 가는 세월을 이길 수 있겄냐.

쥐새끼

아래채는 새로 지은 건물이라 위채만은 못허다. 위채는 나무와 흙으로 지은 집이라 낡긴 했지만 콘크리트 같지 않구 구수한 냄새가 난단다. 여러 번 손을 봤지만 세월 앞에 장사 없다구, 이젠 건드리기만 히두 벽지 속서 흙 쏟아지는 소리가 들리는구나. 그리두 굴뚝 멀쩡허구 구들장 무너지지 않어서 아궁이에 불만 지피면 방바닥이 금방 뜨끈뜨끈허단다.

오늘은 공연히 맘이 심란히서 위채에 불 지피구 아랫목서 한숨 자려구 올라갔다. 가끔 문을 열어 환기를 시키는디두 흙냄새가 말끔히 진 않더구나. 넘들은 벌써 헐어내구 콘크리트 집들을 지었는디, 얼마나 산다구 새 집을 짓나 싶어서 그냥 두었더니 벽장 속서 찬바람이 술술 나오더라. 벽장이 천장허구 통히서 그런 모양이여. 통나무에 흙을 덮구 스레트를 깔었어두 바람이 새는 걸 보면 구멍이 숭숭 뚫린 게 틀림없다.

그리두 방바닥이 뜨듯허니 누워 있을 만허더구나. 그 방에 있으면 옛날 생각두 나구 좋단다. 삼십 년 된 괘종시계두 있구, 래디오두 있구, 니 아배가 읍내 씨앗가게서 읃어 온 달력두 있구, 부채두 있구, 니 아배가 쓰던 모자두 그대로 있어 그런 모양이다. 오래되고 고장이 나서 아무 쓸모읎는 물건들이지만 가끔 와서 보면 마음이 편안히진단다. 아래채 는 살기 편히서 도시 같구, 위채는 산 세월이 커서 고향같이 편허단다. 호된 시집살이 헌 기억두 있지만, 첫날 밤두 이곳서 보냈구, 아들 셋 딸 셋을 줄줄이 낳은 곳두 위채란다. 그방에선 아직두 니들 냄새허구 니 아배 냄새나는 거 넌 잘 모를 것이다. 너야 니 새끼 냄새허구 니 서방 냄새에 취히서 살겄지. 여자는 그렇단다.

누워서 멍허니 윗목 아랫목 쳐다보다가 등짝이 뜨뜻히서 까무룩 잠 든 모양이다. 어느 순간 잠결에 들으니 천정서 쿵쾅거리는 소리가 들리 더구나. 한동안 조용허다 싶었는디, 이놈들이 또 난리를 치는 걸 보니 새끼를 깐 게 틀림읎어 뵈더라. 전에는 일 년에 한두 번씩 읍에서 쥐약 이 나왔는디, 근래는 통 쥐약을 주지 않는구나. 벼 가마니를 방앗간에 보관허다 보니 나두 별도루 신경을 쓰지 않았다.

이것들이 담벼락이나 지붕 워디에 구멍을 뚫구 들락거리는 모양이 더라. 내가 몽둥이를 들구 덤빈들 눈 하나 깜짝헐 놈들두 아니구, 이걸 워쩌나 연구를 히봐두 당장은 대책이 읎더라. 그냥 두면 벽장 문을 열 구 방으로 내려와 휘젓구 다닐 것이 뻔헌디 모른 척헐 수두 읎구. 살그 머니 나와서는 헛간으로 가 고구마 자루를 열었다. 자잘한 고구마 몇 개를 꺼내다 반으로 갈라서 살충제에 한 시간 정도 담가놨다가 천청

대청마루에 걸려 있는 괘종시계는 멈춘 지 오래다. 주렁주렁 걸려 있는 사진 속 우리들의 이야기도 멈춘 그 시간 속에 머물러있다.

속에 던져놨다. 그놈들이 고구마를 먹을지 안 먹을지는 모르지만 다른 방법이 있어야지.

고양이두 키워보구 끈끈이두 놔보구 혔는디 별 소용이 읎더라. 쥐구멍에 불을 놓기두 히보구 밤송이로 구멍을 막아두 보았지만, 새끼를 줄줄이 엮어가지구 다니는 놈들을 잡는 건 쉽지 않단다. 오히려 우리 누렁이가 가끔 서너 마리씩 잡아서 지 밥그릇 옆이다 보란 듯이 놓더라. 내가 쥐새끼 때문에 고생허는 걸 아는지 쥐만 보면 득달같이 뛴단다. 짐승두 오래 같이 살면 영물이라더니 누렁이는 내 눈빛만 봐두 안다니께. 밖에는 누렁이 때문에 쥐약을 놓을 수 읎어 곡식 광에 하나 놓구, 마루 밑바닥과 안방 벽장으로 올라가 천정에 몇 개씩 던져놓았다. 먹는 놈은 먹구 약은 놈은 피헐 테지.

쥐약 놓구 두어 시간쯤 지났을까, 다시 방에 들어가 죽은 듯이 있었다. 헌디 시간이 지나두 이놈들이 나타나질 않더구나. 그 시간이면 분명히 나타나서 난리를 칠 텐디 가뭇읎이 조용허더라. 고구마 던지는 걸 봤나, 아니면 농약 냄새가 고약히서 도망을 쳤나 싶더라. 손전등 들구 다시 벽장으로 올라가 봤다. 전 같으면 단숨에 올라갈 텐디 늙은이가 공연히 쥐새끼 잡는다구 허다가 떨어져서 다리라두 부러지면 워쩔까 싶어 베개 쌓아 놓구 밟구 올라갔다. 손전등으로 가만히 천정 안을 비춰보니 고구마가 그대로 있더구나. 별 냄새두 읎는디 워째서 쥐들이 나타나지 않는 것인지 이상허더라. 그래서 어쩌나 보려구 고구마를 다시 꺼내왔다. 그랬더니 얼마 지나지 않아서 이놈들이 귀신같이 눈치를 채구는 천정을 뚫을 듯 뜀박질을 허는겨. 이놈들이 늙은이라구 간보나 싶어서 이번에는 땅콩허구 밤을 까서 제초제에 담가놨다가 뿌렸다. 저녁까지 굶어가며 그짓을 히놓고는 아예 위채서 자려구 자리 피구 누웠다. 새벽녘쯤 눈을 떴는디 조용허더구나. 옳거니 이제 다 죽은 모양이다 싶어서 다시 전등을 들구 벽장으로 기어 올라갔다.

내가 쥐새끼들을 너무 만만허게 본 모양이더라. 땅콩 한 알 건드리지 않은 채 그대로 있더구나. 천정서 내가 무슨 짓 허는지 모두 내려다보지 않구는 그럴 수 없는디. 천정에 쥐똥이 수북이 쌓여 있는디두 찍 소리 한번 내지 않는 걸 보면, 워디선가 날 보구 있는 게 틀림없어. 무엇에 홀린 것 같아서 그냥 내려오구 말았다.

그놈들두 거기가 지 집이라구 살어왔는디 쉽게 떠나겠냐. 나두 이 방서 니들 냄새, 니 아배 냄새를 맡는디 그놈들이라구 지 집 냄새허구 쥐약 냄새를 구별허지 못허겠냐.

내가 위채 불편허다구 아래채로 이사갔으니 그것들두 지들 집이라구 고약 떨 만두 허겠지. 천정이나 뚫지 말어야 헐 텐디 말이다.

보건소 문 양

마침 약이 떨어져서 불안힜는디 때맞춰 문 양이 찾아왔더라. 즘심 한 숟갈 뜨구 개밥이나 줄까 허구 대문을 나서는디 누렁이가 지랄 떨며 짖는겨. 저것이 배가 고퍼서 저러나 힜더니 산모퉁이 돌아오는 문양 자동차 보구 그리 난리를 친겨. 문 양 자동차가 빨간색 티코라나 뭐라나 허는 것인디, 누렁이두 척 보면 아는 모양이더라. 사람이든 짐승이든 두 번만 보면 나보다 먼저 알아보구 꼬리를 친다니께. 문양두 즘이는 누렁이를 무서워허더니 저를 알아줘 그런지 차에서 내리면 꼭 한번 쓰다듬어주더라. 여러 해 겪어보니께 마음 씀씀이가 아주 착허구 부지런혀. 워디 괜찮은 남자 있으면 중매히주구 싶다니께. 얼굴에 그놈의 마마자국만 읎으면 키 훤칠허구 성격 좋아서 괜찮을 텐디, 겉껍데기부터 보는 시상이다 보니.

걱정힜는디, 혈압을 재보니까 정상이더구나. 문 양두 할머니가 워낙 신경을 써서 혈압이 올라가지두 내려가지두 않는다구 허더라. 나야 뭐 크게 신경 쓰는 일 읎구 먹으라는 약 빠트리지 않구 챙겨 먹으니께 그럴 것이다. 문 양이 또 어찌나 자상헌지 방 안에 들어서면 뭐 달라진

게 읎나 요리조리 살펴보구, 밥은 지대로 히 먹었나 검사헌다구 솥뚜 껑까지 열어본단다. 언젠가는 이틀 전에 밥해 먹은 솥단지를 닦지 않 구 그냥 뒀다가 문 양헌티 들켜서 혼났다. 꼭 지 에미 닦달하듯이 밥 잘 히먹으라구 잔소리를 헌다니께. 아마 부모 일찍 보낸 것이 가슴에 사무쳤나 보더라.

직장 튼튼허니께 먹구사는 것은 문제 읎을 테지만, 혼기 지난 누런 얼굴을 보니께 마음이 안 좋더라. 사람은 그저 지 짝 만나서 몸 비비구 살어야 혈색이 나는 것인디…….

오늘은 문 양이 소화제허구 두통약까지 주구 갔다. 늙은이 몸에 약 들어 분다구 청춘 될 리 읎지만 그리두 산목숨이니 냄새나게 살 수는 읎잖니. 허긴, 오줌 싸기 바쁘게 씻구 갈아 입어두 땀구멍까지 헐거워 지는 것인지 고쟁이는 하루에 열 벌두 부족허다. 문 양이 가면서 그러 더라, "할머니 문단속 잘 허구 주무세요." 이 빠진 노인네 혼자 사는 집 에 저승사자나 오면 겁날까 뭣이 무섭겄냐. 잠자다 누렁이가 짖으면 들 짐승이나 술 취한 사내가 지나가는구나 싶은 것이 더 반갑단다. 말로 는 자는 듯 죽구 싶다구 허지만 그게 워디 진심이겄냐. 죽는 게 무섭구 저승사자가 무서운 것이 아니라 니들 보지 못허구 논과 밭과 누렁이를 볼 수 읎는 것이 무서운 것이지.

노인네들만 상대히서 그런가 문 양이 아주 속이 꽉 찼더라, 뭣하나 허투루 듣구 그냥 지나치는 것이 읎어. 그 마음이 이뻐서 오늘두 감자

한 박스 차에 실어 보냈다. 그런 거 받으면 안 된다구 뿌리치는 걸 내가 끝까지 억지 부렸다. 아무리 월급 받구 허는 일이라구 히두 문 양처럼 진정으로 사람 대하기는 쉽지 않단다. 이 외딴집까지 날 찾아와 주니 얼마나 고마운 일이냐. 누렁이두 문 양이 감자 싣구 부-웅 떠나니께 대번에 고개를 축 늘어뜨리더라. 문 양은 아마 다음 달 초나 돼야 다시 올 것이다.

집에 갈 적마다 그런 생각을 한다. 엄마에게 그림 같은 집을 지어주면 참 좋을 것이라고. 벽난로와 흔들의자가 있고 언제든지 몸을 뉠 수 있는 편안한 소파가 있는, 유럽풍의 거실을 엄마에게 선물해주고 싶다. 엄마가 몸뻬바지 대신 고운 니트 옷을 입고 따뜻한 거실 흔들의자에 앉아 평화롭게 뜨개질하는 모습을 보고 싶은 것이다. 그 정도 선물이라면 어느 자식도 흉내 낼 수 없는 최고의 선물이 될 것이라는 생각은 여전히 유효하다. 그래서 허물어져가는 집과 엄마를 볼 적마다 또 그놈의 선물을 약속하며 너스레를 떨게 된다. "엄마 조금만 기다려, 내가 이 동네서 최고로 이쁜 집 지어줄게" 엄마는 매번 웃기만 하고 나는 또 민망해서 내려앉은 대청마루만 툭툭 건드려본다.

6장

영정사진 찍으러 간다

수의

  며칠 동안 감기 몸살로 꼼짝 않구 누워 있었더니 아침나절 종두오 매가 넘어왔더구나. 외딴집서 연락 닿지 않으면 죽어두 모른다구, 노인 정에 얼굴을 비치지 않아서 궁금히서 왔다는겨. 오랜만에 사람 구경허 니 나두 정신이 돌아오는 것 같더구나. 신경통으로 다리까지 절뚝거리 는 할매가 고개 넘어오느라구 얼마나 고생을 힜는지, 온몸이 땀으로 범벅이 되었더구나. 괜찮느냐구 손을 꼭 잡는디 얼마나 고마운지 목 이 다 메더라. 새끼들은 즌화나 삐죽 허지 놀래서 달려오긴 쉽지 않지.

  앓아누웠던 나나 종두오매나 후줄근한 모양새가 똑같아 뵈서 그냥 있을 수가 없었다. 냉동실 뒤져보니 누가 사다 뒀는지 닭이 한 마리 있 더구나. 쉬운 대로 백숙을 앉혔다. 삼 뿌리 대신 도라지허구 파뿌리 넣 구는 푹푹 고았단다. 그 오매 감자두 좋아헌다기에 굴러다니는 감자두 몇 개 넣었더니 국물이 제법 걸쭉허더구나. 종두오매 아니었으면 생각 두 뭇혔을 텐디. 입맛이 도는 걸 보니 친구 보구 살아난겨.

  옛날 닭이 아닐 테니 그리 오래 삶을 필요두 읎구 젓가락 들어갈 때 까지만 익혔다. 보아허니 종두오매두 아침이 시원찮었는지 고개가 자꾸만 부엌으로 돌아가더라. 따로 담을 것두 없이 솥단지째 들어다 상에 놓고는 두 할매가 뜯어먹기 시작힜다. 소금 간을 대충 히서 간장에 찍어 먹으니 그만이더구나. 닭다리 하나씩을 게눈 감추듯 먹었다. 삶아놓구 보니 닭두 아주 실허더라. 아마 니가 사다 놓은 닭 같더라. 종두오매 그 퍽퍽한 가슴살을 꿀꺽꿀꺽 두꺼비 파리 삼키듯 허더라. 덩치는 한 주먹두 안 되는 오매가 그렇게 잘 먹는 거 츰 봤다. 두 늙은이가 걸신들린 듯 국물까지 후르륵거리며 따라 마시고는 배가 불러 뒤로 나자빠졌다. 배가 부르니 아픈 게 싹 가시더구나. 먹을 거 쌓아놓고두 히 먹지 못히서 죽는 게 늙은이란다. 종두오매 하는 말이, 아들 며느리가 자기 생일차례 히줬을 때보다 잘 먹었다구, 문병 오길 잘힜다며 흐뭇히 허더라. 까짓 닭 한 마리 삶아 먹은 게 뭐 그리 대단헌 일이라구 자꾸 말허니께 내가 더 민망허더라.

한참 놀던 종두오매가 깜짝 놀라서 허는 말이 오늘 노인정에 수의 파는 장사가 온다구 히서 겸사겸사 날 데리러 왔다는겨. 닭다리 뜯느라구 그 생각은 깜빡 잊어버렸다구. 전에두 그런 사람이 왔었는디, 중국산 삼베를 가져와서 아무두 사지 않았다. 이번에는 안동서 직접 베를 짜는 사람이 가지구 온다구 히서 다들 지다리구 있었던 모양이여. 히서 먹은 상두 치우지 않구 종두오매랑 부랴부랴 노인정으로 가는디 배가 불러서 혼났다. 살겄다구 닭 삶아 먹을 때는 언제구, 죽어서 입을 옷 사겄다구 달음질치다니 사람 마음 참 간사허더구나.

노인정 마당에 봉고차가 서 있는 걸 보니 장사치가 온 모양이더라. 자식들이 수의를 준비해놓은 노인들두 더러 있다구는 허지만, 지 부모 얼른 죽으라는 뜻인 거 같아서 뭇 허겄다는 자식들이 더 많은 거 같더라. 영제오매두 둘째며느리가 계를 타서 수의를 장만힜다구 연락이 왔는디 한편으론 좋으면서두 그렇게 서운헐 수가 읎더라. 저것이 나 죽기 바라는 것은 아닌가 허는 생각이 들더라. 니들두 그런 생각 때문에 내 수의 히주겄다는 놈이 한 놈두 읎었는지는 모르지만 그럴 필요 읎다. 팔십 넘으면 살 만큼 살었으니 준비히놓으면 맘 든든허구 좋지 뭘 그러냐. 언젠가 막내딸이 수의 히주겄다는 말을 헌 적이 있긴 있다. 그게 뭘 알어서 히주랴 싶으면서두 속으론 좋더라. 헌디 이후로 다시 말을 꺼내지 않는 걸 보면 그게 돈이 궁헌 모양이다. 돈 번다구 큰소리치긴 히두 그게 워디 맘같이 쉽겄냐. 두 새끼 대학공부 시키려면 아마 만만찮을 것이다.

안동서 왔다는 남자는 아주 곱상허게 생긴 것이 말두 사부랑사부랑 잘허더라. 그 넓은 노인정 방 안에 삼베를 가득 펼쳐놓구는 하나씩 조목조목 설명허더라만 나는 듣는 대로 잊어버려서 잘 모르겄더구나. 같은 삼베라두 손으로 짠 것이 있구 기계로 짠 것이 있다더라. 워떨지 물러서 국산과 비교두 헐 겸 중국산두 가져왔다구 펼쳐 보이는디 내 눈엔 그게 그거 같더라. 색두 똑같구, 결두 똑같은 게 구분헐 수 읎더구나. 물을 적셔보면 확실히 다르다구, 잘 썪지 않는다구 허더라만 죽은 사람 빨리 썩구 늦게 썩는 게 무슨 소용 있다니. 태우면 표시 안 날 테구 묻으면 언젠간 썩을 테지.

값은 중국산이 반이나 싸더구나. 안동산은 너무 비싼 게 흠이구. 살아서두 입어보지 뭇헌 비싼 옷을 죽어서 입겄다구 내 손으로 몇 백만 원짜리 산다는 것은 암만 생각히두 낭비지 싫더라. 죽어서 금칠을 헌들 무슨 소용 있겄냐. 그것두 사치구 자식들 힘들게 허는 일이다. 볼썽 사납지 않을 정도루만 가리구 떠나면 그만이지. 이장 마누라는 생각지두 않구 덜컥 손으로 짠 안동 베를 사더라. 대여섯 가지 합허서 삼백만 원이 넘더구나. 그 여편네 통 한번 크더라. 아무리 여섯 달 할부로 히준다구 히두 그렇지 한 달에 몇십만 원을 워치기 내려구 그러는지. 이제 육십 넘은 여편네가 뭐 그리 급허다구 그걸 사는지 모르겄더라.

허긴 죽으면서까지 호강허는 인사두 있긴 허더구나. 교장 오매 죽었을 때 가보니게 왕비 부럽지 않더라. 워찌나 호화롭게 단장을 힜는지 얼핏 보면 금방 시집온 새색시라구 허겄더라. 아들들이 잘났으니 보란 듯이 그럴 만두 허겄지. 동지섣달에 죽었다구 비단 솜바지에 고쟁이, 치마 등 몇 겹을 입히구두 이불까지 덮어주더라. 그 할매 살아생전엔 그리 호강허구 사는 것 같지 않더니, 죽어서는 지대로 호강허더구나.

떡 본 김에 장사 지낸다구 나두 그냥 말 수 읎어서 하나 샀다. 죽으면 니들이 잘 알아서 장례식장으로 데려갈 테지만, 그리두 내 손으로 산 옷 입구 가는 것이 좋을 것 같아서 큰맘 먹구 장만힜다. 비싼 것은 아니

집에서 아버지 초상을 치렀는데 막걸리보다 맥주하
고 음료수를 더 많이 먹은 모양이다.

구 중질로 여섯 달 할부로 샀으니께 큰 부담은 읎다. 종두오매두 사구 두진오매두 샀단다. 몇 명 빼놓구는 거의 다 샀으니 그 남자 오늘 횡재했단다. 회장이 그냥 가면 안 된다구 한마디 혔더니 읍내 중국집에 즌화히서 탕수육허구 짜장면 시켜주구 가더라. 종두오매허구 나는 그때까지 배가 꺼지질 않어서 짜장면 한 그릇 나눠 먹구 말었다.

종두오매 수의 산 거 공연히 며느리헌티 한 소리 듣는 것은 아닌가 걱정허더구나. 그 집두 형편이 어려워 그것까지 생각헐 처지는 아닌디, 넘들 다 사니께 사구 싶었던 모양이여. 왜 안 그럴 것이냐. 옷 한 벌 사주는 딸두 읎지, 며느리 복두 읎지, 나 같어두 사는 게 서글퍼서 죽을 때라두 새 옷 한 벌 입구 가구 싶겄다. 이럴 때는 혼자 밥 끓여 먹어두 며느리 눈치 안 보구 사는 내가 편허지.

그걸 사들구 고개를 넘어오는디 오늘따라 무르팍이 왜 그렇게 시큰거리던지, 저승사자가 옷 샀으니 얼른 입구 오너라 허는 거 같어서 공연헌 짓 혔나 싶더라. 한 치 앞을 모르는 게 사람이라구는 허지만, 내 나이쯤 되면 워떤 예감이라는 게 있단다. 죽을 자릴 찾아가는 짐승두 있다구 허지 않더냐. 집에 돌아와서 다시 한번 방바닥에 수의를 펼쳐놓구 봤더니 바느질두 꼼꼼헌 게 괜찮더라. 전에 니 할아배 할매 수의는 내가 베를 사다가 바느질히서 만들었는디, 요새는 누가 그깃을 허겄냐. 장례식장에 가보니께 상주들 옷은 물론이구 애들 상복까지 있더구나. 상주들이 손가락 하나 까닥허지 않어두 음식이 척척 나오는 시상이니 돈만 있으면 준비허구 자시구 헐 것두 읎어. 수의 산 것두 욕심인지 모르겄다……. 너헌티만 일러두는 것이니 다른 애들헌티는 일 닥치거든 말허거라.

수의는 잘 싸서 옷장 맨 아래다 뒀다. 아까워서 버리지 뭇헌 니 아배 겨울 잠바 바로 밑이다 두었으니 기억허거라. 너헌티 공연헌 부담 주는 것은 아닌지 모르겄다. 행여 수의 할부금 내준다는 소리는 허지 말어라. 같이 쌀 팔어서 쪼끔씩 모아놓은 돈 있다. 얼마 안 되지만 그 돈이면 급헌 일 당혔을 때 요긴허게 쓸 수 있을 것이다. 그것 때문인지 엊저녁엔 마음이 들떠서 잠이 오지 않더구나. 새 옷 사놓구 나들이갈 날 지다리는 사람처럼 싱숭생숭히서 테레비두 눈에 들어오지 않더라. 고추 모종두 허구 강낭콩두 심어야 허는디, 그놈의 옷 때문에 마음이 영 심란허다.

화장품

밖에 나가면 나더러 나이보다 훨씬 젊어 보인다구 허더구나. 열 살까지 젊게 보는 사람두 있었다. 머리가 검구 허리가 꼿꼿히서 그런지두 모르지. 내가 옷을 젊게 입는 것두 아니구 화장을 허는 것두 아닌디 젊게 보는 걸 보면 타구난 것두 있을 것이다. 얼굴이 동글납작허구 몸이 작으니 그럴 테지. 니들두 어려 보인다는 소리 많이 들을 것이다. 막내 놈은 아직두 총각인 척헌다구, 며느리가 지 서방 흉보는 척 자랑허더라. 나이 들수록 깨끗허게 꾸며야 헌다구, 요즘 노인네들두 월마나 멋을 부리는지 모른다. 오늘은 노인정에 화장품 파는 여자가 왔더구나. 오십쯤 돼 보이는디 화장품 장사를 히서 그런가 피부가 백설기같이 뽀 얗더라. 나두 그렇지만 화장품이야 자식들이 사다 주니 지 손으로 사는 노인들이 누가 있을까 싶어서 츰이는 시큰둥했단다. 아직도 시골 구석까지 화장품을 팔러 다니는 여자가 있나 히서 회장두 츰이는 노인정에 발을 들여놓지 못허게 힜단다. 그런디 여자가 하두 사정을 허는겨. 그 무거운 화장품 가방을 들구 걸어왔으니 그럴 만두 허겄지. 인정이 그게 아닌 거 같아서 잠깐 쉬었다 가라구 힜지.

약봉지 가득한 장식장 위 유일한 사진은 첫 손녀 지영이다. 엄마 눈엔 최고로 이쁜데 시집을 안 가서 걱정이다.

그 여자 장사 수완이 보통이 아니더라. 목이 마르다구 물 한 모금만 먹구 간다구 들어오더니 이내 화장품 가방을 풀어놓더라. 안 산다구 풀지두 말라구 힜더니, 걱정 말라구 허면서 샘플인가 뭔가를 꺼내놓으며 공짜로 주는 것이랴. 그러니 안 받을 수 읎잖니. 하나 둘 받았더니 이번에는 그 샘플로 마사지를 히준다는겨. 그냥 편안히 누워서 한숨 주무시면 된다구 무작정 누우랴. 그러니께 다들 못 이기는 척 또 눕더라. 노인들헌티 장사를 히봤자 월마나 헐까 싶었단다. 그 부드러운 손으로 얼굴을 살살 만져주니 월마나 기분이 좋아. 어느 아들 며느리가 그렇게 히주겄냐. 팔십을 먹어두 여자라구, 이뻐진다는디 싫어헐 사람이 워디 있겄냐. 그 여자가 그러더라. 자기가 하루두 안 빼놓구 노인정만 찾아다니는디 여기 노인정처럼 미남 미녀만 모인 디는 처음이랴. 나더러는 피부가 장난이 아니게 좋다구, 나이두 육십 정도밖에 안 들어 보인 다. 얼굴 타지 않는 화장품 꼭 바르구 모자 쓰구 일허랴. 영순할매헌티는 피부가 너무 건조허다구, 가물면 땅이 쩍쩍 갈라지듯 피부두 그렇다구 촉촉히지는 화장품을 발라야 된다구 허더라. 그 여자 말두 잘허구 웃기두 잘허더라. 팔두 주물러 주구 다리두 주물러 주구 어쩌나 바지런허게 움직이던지 나중에는 미안허기까지 허더라. 그래서 나라두 하나 팔아줄까 히서 그을리지 않는 화장품 하나 달라구 힜다. 모자를 쓰구 일히두 여름에는 시커멓게 타니께 한번 발라보려구. 내가 샀더니 너두 나두 다들 사더구나. 회장은 붙이면 하얘지는 화장품을 샀단다.

그 양반이 원래 얼굴이 시커멓잖니. 다들 지 손으로 화장품 사기는 처음인지 돈 생각은 나중이구 좋아들 허더라. 돈이 있든 없든 지 손으로 덥석 화장품 사 쓰기가 그리 쉽겄냐. 무슨 화장품을 써야 헐지두 모르구. 그 여자가 파는 화장품은 순전히 노인들 전용으로 만든 한방 화장품이랴. 이름이 뭐라구 혔는디 기억나지는 않는다. 나는 새로 산 화장품을 그 여자헌티 한번 발라달라구 혔다. 분을 바른 듯 뽀얗더라. 그걸 바르면 하루 죙일 바깥에 나가두 타지 않는댜. 사는 김에 회장이 산 화장품두 하나 더 살 걸 허는 생각이 있었지만, 나중에 또 온다구 허길래 참았다. 떡 본 김에 장사 지낸다구 아예 세트로 들여놓은 할매두 있었단다. 늙을수록 가꿔야 헌다는 그 여자 말이 틀리진 않을 것이다. 깔끔치 않으면 손주 새끼들두 냄새난다구 싫어허니께. 속은 거 아니니 너무 걱정 말어라. 가지구 나간 돈이 없어서 종두오매헌티 꿔서 사긴 혔지만, 얼굴서 분내가 나 그런지 기분이 참 좋구나. 거울 보니께 정말로 내가 젊어 보이긴 허더라. 허긴, 어릴 때 최 서방네 막내딸 인물 없다 소린 안 들었다. 내가 워낙 가꾸질 않어서 그렇지 그늘서 분칠이나 허구 살면 테레비 나와두 봐줄 인물이다. 딸 셋 뽑아놓은 거 보면 모르겄냐. 너두 부지런히 가꾸거라. 집허구 여자는 가꾸면 금방 표시 나는 법이란다.

팔순잔치

그렇잖어두 니 올케가 팔순잔치 히주겠다구 즌화했더라. 솔직히 맴은 동네 사람들허구 밥이라두 한 끼 먹어야 허는 거 아닌가 생각했다. 환갑 때두 은근슬쩍 넘어가는 바램에 잔치 은어먹은 동네 사람들 보기 좀 그렇더라. 허지만 니 아배 읎이 혼자 상 받어놓구 시시덕거리는 게 영 내키지 않는구나. 니들이야 당연히 자식 노릇허구 싶겠지만, 그냥 평상시처럼 밥이나 히먹자구 말했다. 한 끼 먹는데 몇백만 원 버리는 것두 아깝구. 동네 사람들헌티 위세 떨자구 내 새끼들 주머니 터는 것두 싫다. 그냥 환갑 때처럼 간단허게 미역국 끓여 먹구 얼굴이나 보자.

중 서운허면 나중에 감주허구 떡이나 좀 사서 동네 할매들 몇 불러놓구 화투패나 돌리지. 요즘은 다들 잘 먹어서 잔치히야 크게 먹지두 않는다. 입들이 고급이라서 웬만한 음식은 젓가락두 안 가.

전에 두식이할매 칠순잔치 헌다구 히서 읍내 있는 무슨 가든으로 갔단다. 마을회관에 봉고차를 대절했으니 안 갈 수두 읎구, 빈손으로 갈수두 읎다구 노인정서 십만 원짜리 봉투까지 만들어 갔다. 장례식장 안쪽에 있는 무슨 가든이었는디 으리으리허게 지어놨더라. 산속에 그런 궁전 같은 음식점을 만든 거 보면 주인이 돈이 많은 모양이여. 그런디 차 세워놓은 디서 식당까지 계단을 얼마나 올라갔는지, 밥 한 숟갈은어먹으러 갔다가 숨 끊어지는 줄 알았다.

지 손으로 음식을 가져다 먹어야 허는 부페식당이더구나. 식당은 넓은 거 같은디 자식들 손님들까지 몰려서 그런가 아주 꽉 찼더라. 앞자락에 주먹만 한 꽃을 단 두식이할매는 그새 술이 취히서 덩실덩실 춤추느라 우리가 온 줄두 모르더구나. 손님을 초대혔으면 쫓아나와서 자리를 안내히야지 저만 흥이 나서 보란 듯이 놀구 있지 뭐냐. 마땅찮아서 다들 그냥 앉아 있자니 아들인지 사위인지 오더니 식사허시라구 권허더구나. 절뚝거리며 접시 하나씩 들구 한참을 줄 서 있자니 그지가 따로 없다는 생각이 들더라. 그리두 얼굴 붉힐 수 없어서 음식 몇 개 접시에 담아오긴 혔는디 빡빡히서 목구멍으로 넘어가질 않는겨. 국물두 있구 수정과두 있다구는 허더라만 그거 찾으러 다니다가는 해 저물 거 같어서 마당으로 나와 크피 한 잔씩들 빼 먹구 말았다. 그게 오히려 뜨뜻허니 먹을 만허더라. 그렇게 잔치허려면 처음부터 냄새두 피우지 말 것이지, 여름부터 자랑만 늘어지게 허더니 공연히 계단만 오르락내리락허느라 늙은이들 줄초상 날 뻔했다.

식당만 번듯허지 나는 맘에 들지 않더라. 다리 쭉 뻗구 앉아 뜨듯한 국에 밥 한 그릇 먹느니만 못 혀. 시끄럽기는, 꽹과리치구 북쳐대는 바람에 귀 떨어지는 줄 알았다. 그 할매 보기는 멀쩡히두 심장이 안 좋아서 언제 넘어갈지 모른다더라. 떠벌리는 거 좋아허구 앞일 알 수 읎으니 자식들이 오죽 알어서 잘 챙겨줬겄냐만.

그 할매는 노인정에 잘 안 나와 얼굴 보기두 힘든디, 눈두 지대로 맞추지 뭇허구 돌아오자니 서운허더구나. 뭔 기운이 솟는다구 그리 춤만 추는지…….

니 올케더러 신경 쓰지 말라구 전히라. 큰며느리 노릇허느라 그것두 이래저래 고민이 많을 것이다. 공연히 이것저것 사오느라 돈 쓰지 말구 간단허게 오너라.

아파트

애야, 집에 오니께 아주 살 거 같구나. 이틀이 일 년 같아서 혼났다. 여기서야 답답허면 논으로 밭으로 돌아다니기나 허지, 그놈의 아파트라는 데는 도무지 맨땅이 읎더구나. 그 집이 그 집 같구 여기가 거기 같아서 꼼짝 못 허구 앉아 은어먹기만 허려니 속은 부글거리지 똥은 안 나오지 아주 죽을 뻔했다. 아들 며느리야 좀처럼 오지 않던 에미 왔다구 있는 거 읎는 거 다 차려주는디, 속이 편치 않아서 그런지 영 집서 먹느니만 못 허더라.

땅 밟구 돌아다니면 찬밥덩어리만 물에 말아 먹어두 술술 넘어가는디, 니 올케 영양가 따져가며 히준 음식두 어찌 그리 입에 달지 않던지 숟가락 놓기가 미안허더라. 지 에미 좋아헌다구 두 내외가 새벽같이 수산시장으로 달려가 산낙지두 사오구, 꽃게두 사다 주는디 입맛 까탈스런 시에미마냥 푹푹 먹질 못했다. 뭐한 며느리 같으면 오만상 찡그리구 다닐 텐디, 니 올케 다시 봤다. 애들헌티두 큰 소리 한번 안 내구, 지 서방헌티두 얼굴 한번 구기지 않더라. 며느리헌티 맞구 사는 노인네두 있다는디, 니 올케 허는 거 보니께 우리 아들이 장가는 잘 들었구나 허는 생각이 들어 맴이 흐뭇허더라.

니 동생두 지 에미 불편헐까 봐 회사 가서두 몇 번씩 즌화 걸어 밥 잘 먹었느냐구 물어보는 바람에 며느리 눈치가 다 보이더라. 퇴근헐 때 두 빈손으로 들어오지 않구 통닭이니 피자를 사와서는 에미 먹으라구 어찌나 조르던지, 배가 읎어 뭇 먹었다. 지 딴에는 혼자 사는 시골 할매 언제 통닭 먹어보구 피자 먹어보나 맘에 걸렸던 모양이더라. 읍에나 가 야 그런 음식 구경헐 수 있지만 있어두 워디 혼자 들어가 사먹기가 쉬 우냐. 양념 통닭인가 뭔가는 달달헌 게 일허다 먹으면 맛있겠더라. 나 는 속 불편헐까 봐 닭다리 하나 먹구 말었는디, 손주놈은 먹어본 가닥 이 있어 그런가 한 주먹두 안 되는 놈이 지 누나들보다 더 많이 먹더라. 지 애비가 뒤늦게 본 아들이라구 아마 하늘의 별이라두 따다 주려 헐 것이다. 지 새끼 이쁘지 않은 사람이 워디 있겠느냐마는 니 아배를 닮 었는지 그놈은 유난히 새끼라면 벌벌 떨더라. 잘 때두 지 애비헌티서 떨어지질 않더구나. 늦새끼일수록 엄허게 길러야 헌다는디 너무 버릇 읎어지는 것은 아닌지 모르겄다.

아들 며느리헌티는 말 안 힜는디……. 너만 알구 있어라. 아들네 갔 다가 집 잊어버려 하마터면 큰일 날 뻔했다. 창민에미가 잠깐 핵교에 다 녀온다구 나간 뒤 나 혼자 집에 있자니 심심허더라. 베란다에 나가 창 문을 열구 밖을 내다보니 까마득헌 게 어지러워서 내려다볼 수가 읎 더구나. 며느리 살림 몰래 뒤져볼 수두 읎구, 테레비를 보자니 복잡히서 틀 수두 윲구, 마침 복도에서 소리가 나길래 현관문을 한 번 열어봤지 뭐냐. 아들이 엄마 혼자서는 절대로 나가지 말라구 신신당부는 힜지만, 내가 아무리 시골 할매라두 설마 집 하나 못 찾을까 싶어서 사람들 따라 엘리베이터를 탔단다. 같이 탔으니 옆집 아니면 그 옆집 여자들이려니 생각힜다. 보아허니 차림새들두 멀리 가는 것 같지 않구.

일층으로 내려오니께 늙다리 경비두 아는 체를 히서 별 걱정을 안 힜다. 듣자니 여자들은 근방으로 싼 물건을 사러 간다구 허더라. 나두 따라갔다가 같이 오면 되겄지 허구 간겨. 근디 얼마 걷지두 않었는디 이상허게두 전혀 다른 디 와 있더라. 내가 여자들 따라가느라구 뒤를 신경 쓰지 않은겨. 큰 수퍼 같은디, 시상에 그렇게 큰 장은 처음 구경힜다. 일허는 사람들두 하나같이 이쁘구 어찌나 친절헌지 지나갈 때마다 맛보라구 주는 음식만 먹어두 배부르겄더라. 나두 모르게 이것저것 구경허구 맛보느라구 그만 그 여편네들을 잊어버렸다. 암만 찾아봐두 감쪽같이 사라졌는지 안 보이더라. 그 넓은 수퍼를 다 뒤질 수두 윲구 큰일 났다 싶더구나. 아들헌티 즌화헐 수두 윲구 혼자 이리저리 돌아다녔다. 도대체 모양이 다 똑같으니 어느 구멍에서 빠져나왔는지 알 수가 있어야지. 아들 자동차만 타구 오르내렸으니 주소두 모르구, 경비 얼굴은 알아볼 수 있을 거 같어서 무작정 경비 있는 곳마다 다 찾아다녔다. 아마 한 시간은 족히 찾아다녔을 것이다. 그런디 마당 쓸던 워떤 경비가 할머니 허구 부르는겨. 아따! 자세히 보니 그 경비여, 이제 살었다 싶더라. 내 꼴을 보구 눈치를 챈 것인지 그 경비가 웃어가며 날 경비실로 데리구 가더구나. 그러더니 아들 이름을 대라는겨. 시상 거다 잊어버려두 아들 이름은 안 까먹는 게 에미 아니냐. 누구라구 혔더니 아, 그 양반 참 즘잖은 사람이라며 우리 아들 칭찬을 허더구나. 대번에 몇 층에 산다구 알려주면서 승강기 타는 디까지 데려다 주구 번호두 눌러주더구나. 아무리 잘나두 시상 혼자 살 수 읎다구, 그 경비가 어찌나 고마운지 친정 아배가 살아 돌아온다구 히두 그보다는 반갑지 않었을 것이다.

혹시라두 며느리가 먼저 왔을까 봐 혼났다. 그 경비헌티두 일렀지만 아들이 알었더라면 지 에미 잊어버린 줄 알구 난리를 피웠을 것이다. 가슴이 벌렁거려 찬물 한 잔 마시구는 한참을 누워 있었다. 우물 안 개구리마냥 사니, 집 벗어나면 멍청이가 되는구나. 똑똑헌 노인네들은 혼자서 뽀스 타구 기차 타구 아들네로 딸네로 잘두 돌아다니던디, 나는 왜 그런지 니 아배 죽은 뒤로는 혼자 돌아다니는 게 무섭다.

늙은이 누가 잡아가는 것두 아닐 텐디, 집 밖에만 나서면 얼이 빠지는 것 같으니 별일이다. 나는 아파트라는 디 영 마땅찮더라. 토끼장 같이 지어놓구는 왜 또 그리 비싸다니, 걔네 집두 오억이 넘는다면서? 그러구 보면 서울 사람들은 모두 부자여. 시골 사람 아무리 부자라구 히두 땅만 있지 성냥갑만 한 아파트 한 채 값두 안 되잖니. 그러니께 다들 서울 가 살려구 난리들 치는 모양이다. 지 땅 한 평 읎이 공중에 떠

있는 집이 뭐 그리 비싼지 난 이해가 안 간다. 대문 밖에 한번 나가려구 히두 현기증 나는 차를 타구 내려가야 허니, 나는 그냥 줘두 못 살겠더라.

니 동생 지 에미 속두 모르구 한 열흘 더 있다 가라구 붙들더라. 누렁이 굶어죽는다는 핑계 대구 말었다. 붙잡을 때 오길 잘했지, 헐 일 읎이 뭐하러 우두커니 앉아 밥 은어먹구 있다니. 마당이라두 있는 집 같으면 나가서 풀이라두 뽑지, 이건 빗자루 하나 들 일이 읎으니 징역 사는 거 같더라. 니 집두 높은 층이라구 헀지? 오르락내리락헐 때 단단히 붙잡구 타거라. 애들 떨어지지 않게 조심시키구. 나중에 한번 놀러 가마.

이명(耳鳴)

다른 곳은 참을 만헌디 귀에서 소리가 나 걱정이다. 머리가 아픈 것이 아니라, 까닭 읎이 귀에서 지지직거리는 래디오 소리가 난다. 두통약을 먹어두 소용읎구, 쌍화탕을 먹어두 낫지를 않으니 참 별일이다. 오늘은 큰맘 먹구 한의원에 갔다. 신시장 입구에 새로 생긴 한의원이 있는디, 거기가 그렇게 침을 잘 논다구 소문이 났어. 작년 겨울부터 젊은 한의사 부부가 간판을 걸었는디, 웬만한 뜸허구 부황은 서비스히 준다더라. 노인네들 무시헐 게 아닌 것이 그 의사 참 친절허더라는 소문 한 마디만 나면 너두나두 다 그리로 몰려들 간단다. 젊은 간호사두 어찌나 친절허던지 사람 많아두 지루헌 줄 모르겠더라. 폭신한 의자에 앉혀놓구 혈압두 재주구, 쌍화차두 주구, 노래두 틀어주구, 노인네들이 워디 가서 그런 대접을 받어보겠냐. 허니 일부러 놀러 오는 노인들두 많다더라.

의사가 나더러 할머니는 연세보다 열 살은 젊어 보인다구 허더구나. 내가 또래 노인네들보다 젊어 보이는 것은 사실이지만, 의사가 그러니까 기분은 좋더라. 이리 보구 저리 보구, 진찰두 얼마나 찬찬허게 허는

지, 누구 자식인가 참 바르게 키웠더라. 자구로 어른 공경히서 안 되는 집안 읎다구, 뱀가죽 같은 노인네 살결을 그리 알뜰허게 만지며 워디가 아픈지 일일이 물어보는디 내 아들놈보다 낫더라. 그런디, 귀 울림은 나이 들어 생긴 것이라 죽을 만큼 아프지 않으면 참을 수밖에 읎단다. 침을 놓아주긴 허겄지만 수술히서까지 치료허기는 무리가 따른다구 즘잖게 말허더구나. 그건 그렇지, 언제 저승길 갈지 모르는 몸뚱이에 몇 년 더 살자구 칼 대는 것두 헐 짓이 아니라는 생각이다. 살만큼 산 노인들이 뭔 영화를 더 보겄다구 수술히서 누워 있는 거 보면, 나두 막판에 욕심 부릴 거 같아 걱정이다. 사람 목숨 맘대로 뭇 헌다구는 허지만, 자기 목숨은 자기가 책임질 줄 알어야 넘들헌티 피해를 안 주지. 살아 있다구 다 목숨이겄냐. 죽으니만 뭇헌 사람은 차라리 곱게 가는 것두 이승에 대한 보답이라는 생각이다.

요즘은 워딜 가나 노인들만 눈에 보이더라. 젊은 사람들은 별루 눈에 띄질 않어. 일할 사람은 읎구 헐 일 읎는 늙은이들만 발길에 채이니, 사실 눈치 볼 것두 읎단다. 한의원만 히두 침대가 서른 개두 넘는디, 빈자리가 하나두 읎더라. 따뜻한 침대에 누워 있으면 뜸 떠주지, 찜질 히주지, 마냥 세월 보내기 그만이란다. 나두 침 빼는 줄 모르구 한참을 잤단다. 워떤 늙은이들은 침 맞은 디 또 놔달라구 조르면서 영 집에 갈 생각을 안 헌댜. 집에 가봤자 아들 며느리 눈치 보기 바쁘거나, 군내 나는 늙은이 얼굴이나 봐야 헐 테니, 해 떨어지기 전에는 가기 싫을 테지.

나두 한 이틀 정도 침 맞으라구 힜는디, 다닌 김에 일주일 정도 다닐 생각이다. 침 값두 비싸지 않구 쌍화차 한 잔 은어먹으면 배불러서 즘심 생각두 안 나. 거기 가면 동네 할매들 만나 놀기 좋구, 집에 엎드려 있는 거보다 낫잖니. 동짓날은 팥죽까지 줘서 아주 잘 먹었단다. 그 젊은 한의사 아마 복 받을 것이다. 즘이는 노인네들 쌈짓돈 우려먹을려구 두 내외가 서울서 내려왔다구 수군거리더니, 요즘은 너나읎이 입에 침이 마르도록 칭찬들을 허더라. 늙은이들 변덕이야 오뉴월 감주 맛 변허듯 허니 언제 죽일 놈이 될지는 모르나, 거기만 가면 병이 저절로 낫는 거 같은 게 마음이 편허구나. 걱정허지 말어 쉬엄쉬엄 다닐 테니.

상속

넘들은 나더러 부자라구 허더구나. 재산이 다 내 명의로 돼 있으니 그러는 모양이다. 사실은 니 아배 죽구 니들헌티 땅을 나눠줄까두 생각했었다. 어차피 죽으면 니들 몫이니 츰이는 그게 옳다구 생각했지. 그런디 둘째아들이 그러면 안 된다구, 내 명의로 돌리자는겨. 땅값두 얼마 안 되구, 엄마가 농사를 짓는 동안은 그냥 두는 게 좋다구. 그 소리 들으니 한편으론 마음이 좋더구나. 홀랑 팔아서 나눠 달라구 허면 헐 수 읎지만, 그리두 지 에미 생각히서 그런 결단을 내렸다니 우리 새끼들이 속이 깊다는 생각이 들더구나.

저 건너 호진네만 히두 자식이 다섯인디 지 아배 죽자마자 한 뺨씩 팔아먹기 시작허더니, 나중에는 집까지 넘보더라. 그 할매 말대로 자식이 죽겄다구 쓰러지는디, 그냥 모른 체헐 수가 읎었다는겨. 차례대로 찾아와 사업자금 필요허다구, 집 넓혀 간다구 돈 히달라고 히서 쪼끔씩 팔아주다 보니, 상추 심어먹을 텃밭까지 읎어지구 말았다. 호랑이 같은 지 아배 살아서는 한 마디두 못 허다가 죽구 나니께 벌떼같이 달려들어 지 에미를 뜯어먹으려 헌다구. 그 할매 나 볼 적마다 땅 잘 지키라구 신신당부허더구나. 지 새끼 흉보는 일이 누워서 침 뱉기라는 걸 알면서두 그러는 걸 보면 그 속이 오죽허겄냐.

그 할매 지금은 겨우 집 한 채밖에 안 남었단다. 우리 동네서는 그리 두 부자 소리 듣구 살었는디. 머슴이 둘이나 되구 가난한 일가친척들이 그 집 사랑방에 들끓었으니, 그 할매 인심이 그만했다는 소리지. 우리두 니 오래비 외지서 핵교 다닐 때, 여러 차례 그 집 신세를 졌다. 곡간이 차구 넘쳐두 쌀 한 톨 주지 않는 인심두 있는디 그 집은 그렇지 않었단다. 그 당시 도회지로 자식새끼 공부시키러 보낸 사람 치구 그 집 돈 빌려 쓰지 않은 사람 읎을 것이다. 돈 빌리러 간 사람두 그냥 보내는 법 읎이 꼭 뜨듯헌 숭늉이라두 한 사발 멕여서 보냈단다. 그러니께 그 할매 농사채 다 팔아먹구두 잘 묻혀 사는겨. 이웃서 밭두 붙여먹게 허구 갈엔 이 집 저 집서 쌀가마니두 준단다. 그게 다 그 할매가 있을 때 덕을 쌓아놓은 덕분이지. 시골 인심이라구 무작정 퍼주기만 허지 않는단다. 그 할매헌티 돈 빌려다가 사업에 성공한 재식이는 올 추석 명절에 테레비까지 사다 줬단다. 정작 땅 팔아간 자식들은 한 놈두 얼굴 비치지 않는디, 오래전 지 부모가 돈 빌려다 공부시켜 성공한 남의 자식은 은혜가 하늘같다며 찾아온 걸 보면, 그 할매 아주 뭇 살지는 않었다는 생각이 들더라.

수중에 돈 있어야 자식들이 효도헌다는 그 할매 말이 아주 틀린 소리는 아니지만 부모 도리라는 것이 워디 한정돼 있다니. 내 입에 들어간 것까지 꺼내줘야 맴이 편허지.

부자가 맴 편히 발 뻗구 뭇 잔다는 말이 틀린 소리는 아닌 거 같구나. 땅값이 자꾸 오르면서 동네 사람들두 모이기만 허면 누구네 땅 팔아서 자식들헌티 월마 줬는디, 그 일로 형제지간에 쌈이 나서 집에 발길을 끊었다는 둥 별 소리가 많구나. 그런 소리 들을 적마다 맴이 불안허다. 아직은 내 새끼들 그럴 리 읎겄지 허면서두 돈 앞에서 변허지 않는 사람이 워디 있겄냐. 내가 특별히 어느 자식헌티 월마를 주었다구 말헌 적은 한 번두 읎다. 그럴 경황두 읎었지만, 니 아배두 상속에 대한 말은 한 마디두 허지 않구 죽었다. 그리구 옛날 같지 않구 아들이구 딸이구 법적으로 똑같이 나눠 가져야 헌다는 말두 있더구나. 그 말두 맞는 거 같다. 깨물어 아프지 않은 손가락이 읎는디, 누굼 많이 주구 누굼 워치기 적게 주겄냐. 니 둘째동생 말마따나 나만 공연히 누구 더 주겄다는 쓸데읎는 소리만 안 허면, 형제간에 얼굴 붉히는 일은 생기지 않는다. 나 죽으면 아무 문제읎이 법대로 허면 그만이라구.

그 애가 그런 말 허는 걸 보면 지 욕심만 채울 것 같지는 않구나. 허긴 아들이라구 무조건 재산을 더 줘야 헌다는 것은 무리가 있지. 그리구 우리 딸들은 지금까지 친정 일 한 번두 나물러라 헌 적이 읎잖니. 크든 적든 똑같이 집안일 도운 거 알구 있다. 그런 거 알면서 내가 어떻게 아들이라구 감싸구, 더 생각헐 수 있겄냐. 너희들이 서로 상의히서 어려운 형제 더 생각히준다면 나는 더 바랄 것이 읎다.

돈 쌓아놓구 큰소리칠 생각두 읎다. 워떤 노인네들은 끝까지 돈줄 틀켜 쥐구 아들 며느리 쥐 잡듯 헌다는디, 갈증이 지나치면 물 마시구두 취허는 법이란다. 까짓 돈 쌓아놓구 있다가 자식들 쌈 시키면 무슨 의미가 있겄냐. 나는 죽어서두 돈 때문에 자식들이 싸우는 꼴은 보구 싶지 않구나. 지금은 내가 정신이 멀쩡히서 공정한 생각을 허구 있지만, 혹시라두 내가 이상히지거든 니가 에미 뜻 잘 이해해주길 바란다. 너헌티 통장 비밀번호 알려줬으니 급허게 병원 갈 일 생기면 공연히 여기저기 즌화허지 말구 니가 조용히 해결히라. 니들 힘들지 않게 며칠만 앓다 죽어야 허는디 그게 맘같이 될지 모르겄다.

영정사진

오늘은 볕이 참 좋구나. 대청마루에 앉어 봄에 심을 강낭콩을 골랐다. 한 번 골라냈는디 꺼내보니 여전히 벌레 콩이 섞여 있구나. 강낭콩은 떡이나 히먹지 밥에는 잘 섞어 먹지 않는다구들 허더라만 우리는 손주들까지 잘 먹어서 안 심을 수가 읎구나. 작년에두 니들헌티 준 콩이 한 가마니는 되었을 것이다. 장마는 시작됐지, 밭에서 콩은 썩지, 그거 걷어다가 헛간에 쌓아놓구 밤새 따느라구 손톱이 다 까졌단다. 햇콩 나오기 전에 묵은 콩은 얼른 먹어 치워라. 반찬 시원찮을 때는 콩밥이라두 먹어야 속이 든든허니 하루 전에 불렸다가 밥 히라. 나두 며칠째 바깥출입을 허지 않었더니 입맛이 읎구나. 눈이 녹지 않어서 사람 구경헌 지 오래되었다. 눈 오거나 비만 오면 집이 적막강산이라 절간이 따로 읎다. 누렁이두 심란헌지 짖지 않는구나. 이놈이 워디로 도망을 갔나 싶어서 콩 바구니 밀어놓구 쪽문으로 나가는디, 샘가에 걸려 있던 거울이 툭허구 떨어지더구나. 당연히 박살 났지 뭐냐. 니 아배 살아생전 면도허던 거울이라 있는지 읎는지 신경두 안 쓰구 살었다.

나는 아랫집 목욕탕에 걸린 거울허구 방 안에 있는 손거울만 썼지,

그게 샘가에 걸려 있는 줄두 물렀다. 깨진 유리조각을 보니 햇빛이 어찌나 좋은지 눈 밑 검버섯이 표구버섯만 해 보이더구나. 갯바닥 갈라지듯 헌 얼굴에 웬 점이 그렇게 많은지 징그러워서 볼 수가 읎더라. 지붕에 쌓인 눈이 비쳐서 더 그랬던 모양이여. 나이가 있으니 새삼스러울 것두 읎는디, 이리 보구 저리 봐두 묵정이 밭만 같아서 맘이 좋지 않더구나. 나두 무슨 생각으로 그런 결심을 힜는지 모르겄다. 워쩌면 죽을 날이 멀지 않았나 그리 생각헌 것인지두 모르지. 아무튼 깨진 거울조각 대충 쓸어다 버리구 나서 목욕을 힜다. 감기 들까 봐 날 풀릴 때까지 참으려구 힜는디 맴이 급히지니 어쩔 수 읎더라. 늙으면 뭣이든 조절이 잘 안 된단다.

니가 전에 사다 준 크림두 바르구 분두 바른 뒤 분홍색 한복을 입었다. 막내며느리 얻을 때 입은 한복은 옥색이라서 막내딸 시집보낼 때 입었던 분홍색 한복을 입었다. 구식이구 몸이 불어서 어깨 놀리기가 좀 불편히두 얼굴이 화사해 보이니 좋더라. 치마 속에 두꺼운 속바지 입구 코트를 입어서 그리 춥지두 않었다. 더 늦기 전에 사진을 찍어 놔야 헐 것 같아서 마음이 급히지더구나.

마당으로 나서니 누렁이가 벌써 눈치를 채구 또 난리를 치더라. 왜 안 그렇겄냐. 사람 구경 못 허기는 저나 나나 마찬가지니 내가 나갈까 봐 노심초사헐 만허지. 헐 수 읎이 누렁이 앞세웠다. 나두 심심치 않어서 좋구 누렁이두 바람 쐬서 좋긴 헌디, 문 밖을 나서니 길이 읎더구나.

안마당 샘가 토방 위에는 아버지가 면도할 때 쓰던
작은 거울이 걸려 있다. 여러 번 깨져 지금은 거울
조각에 불과하다.

자상했던 아버지와 무뚝뚝한 엄마가 닮은꼴로 살아올 수 있었
던 것은 두 분의 이해와 사랑 때문이었다.

마당에 쌓인 눈두 치우지 않었으니 제방 질은 오죽허겠냐. 눈두 지대로 못 뜨구 누렁이 뒤만 따라갔다. 그것은 아무것두 모르구 뭐가 그리 좋은지 팔랑팔랑 뛰며 신이 났지 뭐냐. 숱허게 다닌 길인디 왜 그렇게 멀게 느껴지는지 다리가 자꾸 허둥거려서 몇 번을 눈밭에 서 있었다.

읍내까지 한 시간은 족히 걸렸을 것이다. 언젠가 경찰서 앞서 사진관을 본 것 같어서 그리로 갔는디 그 집이 읎더구나. 옆집 가서 물었더니 사진관이 좁어서 우체국 옆으로 옮겼다는겨. 배두 고프구 물어물어 찾아가느라구 혼났다. 추위에 늙은이가 웬일인가 싶었는지 사진관 남자가 불가에 앉혀놓더니 크피를 다 주더라. 어찌나 고마운지 찾아오길 잘했다 싶더구나. 누렁이는 낯을 가리는지 꼼짝 않구 앉아 있더라. 그놈 눈치가 여간 아녀.

몸을 녹이고 나서 사진 찍으려구 의자에 앉었는디 워쩨 가슴이 벌렁거리는 것이 이상허더라. 사진관 남자가 요리조리 살펴주는디두 얼굴을 어떻게 히야 헐지 모르겠더구나. 살짝 웃으라는디 웃음이 나오지 않는겨. 분명히 웃었는디 찡그리지 말라구 허구, 눈을 크게 떴는디 감겼다구 허니 어느 장단에 춤을 춰야 헐지, 몸이 벌써 식는 것인지 뻣뻣허게만 느껴지더구나.

나보다는 사진관 남자가 애먹었단다. 할머니는 다복해 보이는디 왜 웃을 줄을 모르느냐구, 자꾸 웃어야 근강에 좋다며 어깨를 다 주물러 주더구나. 젊은 사람이 참 인정 있더라. 지켜보는 누렁이두 답답헌지 사진관 남자가 날 만질 적마다 낑낑거리며 몸살을 앓더라. 기왕 나왔으니 우리 누렁이허구두 한방 찍어달라구 혔다. 사진관 남자 깔깔거리며 그건 공짜로 찍어준다구, 내가 주책 떠는 게 재밌는 모양이더라. 나 혼자 세 방 찍구, 누렁이허구 두 방 더 찍었다. 사진틀에 담아놓을 테니, 다음 장날 와서 찾어가라구 허더구나. 할머니가 동글납작허니 이쁘게 생겨서 사진 잘 나올 테니 걱정허지 말라구, 고마워서 계약금 천 원 걸었다.

사진 나오면 대청마루에 걸린 니 아배 사진 옆에 나란히 걸을 것이다. 전에 노인정서 연필로 그려준 사진은 떼버려야겠다. 색깔이 읎어서 그런가 나이 들어뵈서 싫다. 사진은 여유 있게 찍었으니 한 장은 필요헐 때 쓰구, 한 장은 니 아배 사진 옆에 걸어라. 누렁이랑 찍은 사진은 걸어두지 말구 손주들헌티 한 장씩 나눠주구. 그리구…… 누렁이보다 내가 먼저 죽거든 누렁이 좀 챙겨라. 아무 디나 버리지 말구 양지바른 곳에 묻어서 춥지 않게 히라. 그놈두 외딴집에 사느라 많이 외로웠을 것이다.

엄마는 내게 열심히 살라고도 당부하지 않았고 어떻게 살아야 성공할 수 있다고도 가르치지 않았다. 가지 말아야 할 길과 가야 할 길에 대한 충고와 조언을 해주지 못해 안달한 적도 없었다. 엄마는 그냥 당신에게 주어진 밭에 씨를 뿌리고 땀 흘려 가꾸고 귀하게 거두는 일을 게을리하지 않았다. 생각은 둔한 듯 깊고 마음은 모를 듯 애틋하고 몸은 게으른 듯 고집스럽게 당신의 삶을 가꾸었다. 나는 엄마의 삶이 결코 고단하지만은 않았음을 순진한 눈빛에서 읽는다. 엄마가 우리들의 엄마로 살아서 행복했길 바라고 엄마가 우리 엄마라서 나는 행복하다. 이제 엄마의 남은 시간이 나른하면서도 평화로운 봄날이 되길 바랄 뿐이다.